Fritz-Stefan Valtner

AF175957

Kommissar a. D.
Klaus Schöne

Aktenzeichen 1119

Aphrodite

Bibliografische Information der Deutschen Nationalbibliothek:

Die Deutsche Nationalbibliothek verzeichnet diese Publikation in der Deutschen Nationalbibliografie; detaillierte bibliografische Daten sind im Internet über http://dnb.dnb.de abrufbar.

Copyright, Zeichnungen, Skizzen, Bilder bei Fritz-Stefan und Manuela Valtner 2020

Herstellung und Verlag:
BoD - Books on Demand, Norderstedt

ISBN: 978-3-7526-1083-3

Printed in Germany

Ähnlichkeiten mit lebenden Personen sind rein zufällig.

MIX
Papier aus verantwortungsvollen Quellen
Paper from responsible sources
FSC® C105338

Fritz-Stefan Valtner

Kommissar a. D. Klaus Schöne

Aktenzeichen 1119

Aphrodite

„Aphrodite"

Göttin der Liebe, der Schönheit
und der sinnlichen Begierde.

Inhaltsverzeichnis

Vorwort

In diesem, doch recht merkwürdigen Fall, geht es zunächst um eine Vermissten-Meldung einer reichen Mitinhaberin eines erfolgreichen Unternehmens.

Nach einer vergeblichen Suche fand man etwas später den Wagen der Vermissten in einem See bei Jever. Sehr merkwürdig war der Fund im Kofferraum des Wagens:

Drei leere Koffer!

Können unsere Kommissare Schöne und Schulz diesen rätselhaften Fall lösen?

Der Fall

Kommissar Schulz hat seit Monaten einen recht merkwürdigen Fall auf seinem Schreibtisch liegen, der auf seine Aufklärung wartet.

Wir schreiben den 30. Januar 2019

Gegen 18.30 h ging bei der Polizeistelle im Wangerland-Hohenkirchen eine Meldung ein, wonach eine weibliche Person seit einem Tag vermisst wird. Der aufnehmende Polizeibeamte bat die Anruferin doch auf der Polizeiwache zu erscheinen und einige aktuelle Bilder von der vermissten Person mitzubringen.

Keine 15 Minuten später traf eine junge Frau auf der Wache ein und erklärte dem Beamten, dass sie ihre Mutter vermisst. Akribisch nahm der Polizeibeamte Pollhagen die Daten auf und man gab der Tochter den Rat, wieder nach Hause zu fahren und dort auf die eventuelle Rückkehr der Mutter zu warten und wenn sie nach Hause kommen sollte, sofort hier Meldung zu machen.

Er wird die Anzeige sofort weiterleiten an die Polizeidirektion Oldenburg, die sich dann dem Fall annehmen werden.

Es kann sein, dass sich ein Kommissar bei ihr melden würde, um weitere Informationen einzuholen.

Die junge Frau fuhr mit einem unguten Gefühl nach Hause. In der Zwischenzeit wurde das Kommissariat in Oldenburg informiert und die Suchmeldung landete auf dem Schreibtisch von Kommissar Schulz. Nachdem er die Meldung las, setzte er sich sofort ins Auto und fuhr ins Wangerland.

Nicht jeder, der hier im Norden wohnt oder hier auch seinen Urlaub verbringt, kennt das Wangerland. Daher eine erste kurze Information über das Wangerland.

Das Wangerland liegt im nördlichen Niedersachsen und gehört zu dem nördlichen Teil des Landkreises Friesland. Das Gebiet wird nur im Westen und Süden von Land begrenzt, während der Norden und der Osten an die See grenzt.

Das gesamte Land liegt gerade mal 2 Meter über NN. Auf einer Fläche von rund 175 qkm wohnen rund 9190 Einwohner (Stand vom Dez. 2018)!

Wie man auf der Karte ersehen kann, wird das Wangerland im Westen von dem Landkreis Wittmund eingerahmt, während im Süden drei Landkreise das Wangerland begrenzen und zwar durch:

Jever, Schortens und Wilhelmshaven. Ebenso gehört die Insel Wangerooge zu dem Landkreis Wangerland.

Siehe auch nachstehende Karte:

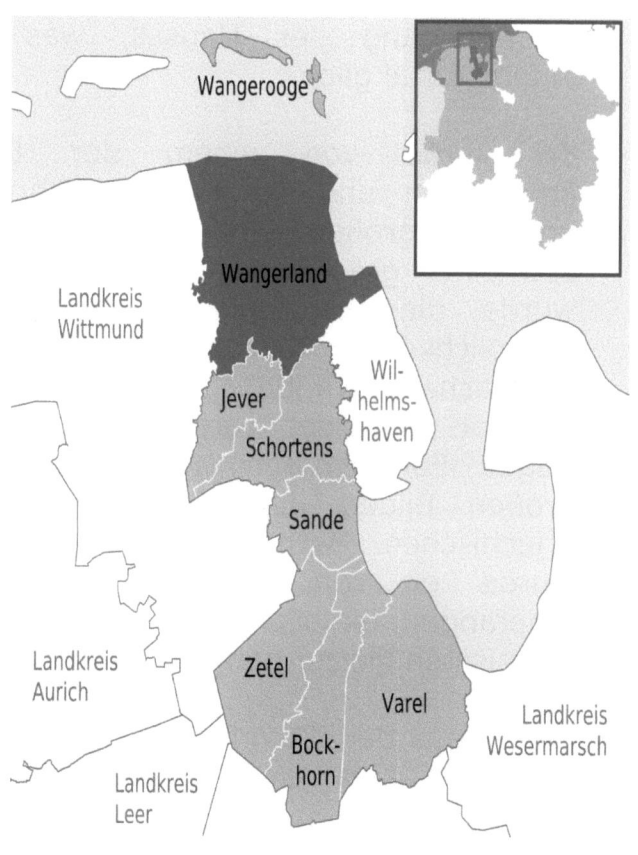

Dort angekommen, stand er vor den Toren einer relativ neuen Villa, mit einem parkähnlichen Garten. Die Küste war nicht weit davon entfernt.

Nachdem sich die beiden großen Türen geöffnet hatten, fuhr Schulz zum Haupteingang des Hauses, was eher einem Portal glich.

Er wurde von einem der Diener empfangen und ins Haus geführt. Im unteren, großen Empfangsbereich, der von einer gewaltigen Treppe beherrscht wurde, die nach oben in die weiteren Räumlichkeiten führte, fielen ihm die zahlreichen Wände, die mit weißem Marmor verkleidet waren, besonders ins Auge. Ebenso auch die zahlreichen, großen Bilder, die Personen aus der griechischen Mythologie zeigten. Dann wurde er von einer jungen Dame empfangen, die auch die Meldung von der vermissten Mutter gemacht hatte.

Sie führte den Kommissar in den Salon und bot ihm einen Platz auf einer Ledercouch an.

Der Kommissar stellte sich vor und sagte auch den Grund für sein Erscheinen, nämlich die Vermissten-Meldung, die sie vor zwei Stunden auf der Polizeiwache in Hohenkirchen aufgegeben hatte.

Sie erklärte ihm, dass sie die Tochter der vermissten Person sei und sich große Sorgen machen würde.

„Wie kommen sie zu dieser Annahme, dass ihre Mutter vermisst wird?"

„Nun, dass sei gar nicht so einfach zu erklären. Wissen sie, meine Mutter und mein Vater führen gemeinsam ein sehr erfolgreiches Unternehmen im Bereich der IT-Technik, insbesondere Geräte für die Überwachung.

Meine Mutter kümmert sich hauptsächlich um die Finanzen, während mein Vater für die Technik und den Verkauf zuständig ist und sehr viel auf Reisen ist."

„Und es ist nicht ihre Art, dass sie so einfach, ohne eine Nachricht zu hinterlassen, irgendwo hinfährt.

Normal weiß zumindest das Büro, wo sich meine Mutter befindet. Oder auch die Dienerschaft.

„Wer lebt denn hier alles im Hause?"

„Nun, meine Eltern. Mein Vater, Wilhelm Dürwisch, 70 Jahre alt und meine Mutter, seine zweite Frau, Elfriede Dürwisch, 68 Jahre alt, eine geb. Müllerjahns, Mitinhaberin der Firma und seit 35 Jahren mit Wilhelm verheiratet."

„Was ist mit seiner ersten Frau?"

„Sie ist sehr jung gestorben. Ich glaube, sie war gerade mal 23 Jahre alt."

„Wer wohnt sonst noch hier?"

Da sind noch wir, Klaus mein Bruder und ich, Susanne. Mein Bruder Klaus hat ein eigenes Unternehmen im Bereich der Ferienhausvermietung.
Das Unternehmen, welches er mit seinem Lebenspartner, einem Paul Muskas führt, läuft scheinbar recht gut. Ich selber arbeite als Sozialhelferin in einer Einrichtung für physisch kranke Menschen. Ferner ist immer anwesend unser alter Hausdiener, mittlerweile schon 80 Jahre alt und seit Jahrzehnten in unserem Dienst. Daneben haben wir noch vier weitere Bedienstete, die aber zu unterschiedlichen Zeiten hier im Hause anwesend sind.

Da ist zum einem der Gärtner, die Putzfrau, ein Koch und ein Sekretär, der sich um die Termine kümmert.

„Erzählen sie mal, wie sie auf den Gedanken kommen, dass ihre Mutter vermisst sei?"

„Ja, wie soll ich ihnen das erzählen?

Also, ich habe seit dem 26. Januar versucht, meine Mutter zu erreichen. Aber ich konnte sich nicht erreichen."

„Wohnen sie auch hier im Hause?"

„Nein, ich wohne mit meinem Lebenspartner, einem Maler, in einer Mietwohnung in Hooksiel zusammen. Meine Eltern sind gegen diese Beziehung, deshalb wohne ich seit einiger Zeit hier nicht mehr.

„Okay, weiter im Text."

„Nun, ich versuchte meine Mutter telefonisch zu erreichen, aber weder über das Festnetz, noch über ihr Handy hatte ich einen Erfolg.

Dann fuhr ich hier zum Haus hin, aber auch hier konnte ich keinen von den beiden erreichen. Keiner der Angestellten konnte mir einen Hinweis geben, wo sich meine Eltern aufhielten. Da ich nicht weiter kam, zog ich wieder unverrichteter Dinge ab. Ich habe es dann weiter versucht, aber alle Bemühungen verliefen im Sande. So das ich mich letztendlich entschloss, eine Vermisstenanzeige zu machen."

„Sind die Angestellten heute im Hause?"

„Nein, sie sind erst wieder morgen im Haus."

„Das Bild, welches sie auf der Polizeiwache abgegeben haben, ist dies aktuell?

„Ja, das Bild ist ca. ein Jahr alt."

„Darf ich mir einmal die Räumlichkeiten anschauen?"

„Ja, selbstverständlich!"

Sie führte den Kommissar durch das Haus.

Im unteren Bereich befanden sich die Küchenräume, der große Esssaal, zwei kleinere Zimmer, die vermutlich ein Rückzugsort für die beiden Eheleute waren.

Neben weiteren Räumlichkeiten, wie Kühlraum, Abstellraum, Wasch- und Trockenraum, führte ein Weg vom Salon ins große Wohnzimmer, mit vier großen Fenstereinheiten, die nach Süden ausgerichtet waren.

Von dort aus kam man auf eine mit großen Marmorplatten ausgelegte und überdachte Terrasse, sowie schweren Holzmöbeln aus Teak.

Sie machte das Licht an, welches dann den gesamten Garten ausleuchtete. Hier sah Schulz, dass das gesamte Anwesen hermetisch abgeriegelt ist und per Video überwacht wird.

In den vier Garagen standen sehr hochwertige Autos, unter anderem ein Maserati, ein Ferrari, ein Bentley und ein älterer Jaguar E-Type. Ein weiterer Gang durch den Garten ließen seinen Blick über ein großen Pool streifen und den zahlreichen Statuen aus der griechischen Mythologie.

Dann ging man wieder ins Haus zurück und suchte die obere Etage auf. Hier gab es vier opulente Bäder, vier Schlafgemächer, eine Sauna und ein Zimmer mit diversen Sportgeräten.

Als sie wieder nach unten gingen, trafen sie den alten Diener an. Schulz befragte ihn, ob er etwas über den Verbleib von Frau Dürwisch wüsste.

Dies musste er aber leider verneinen. Ihm war nichts über den Verbleib von Frau Dürwisch bekannt.

Schulz sagte zu der Tochter:

„Er werde morgen noch einmal vorbei kommen, um die anderen Bediensteten zu befragen.

In der Zwischenzeit werde man alle Hebel in Bewegung setzen, um ihre Mutter zu finden." „Sollten sie eine Nachricht von ihrer Mutter erhalten, dann geben sie uns bitte unverzüglich Bescheid."

„Ja, dass ist doch selbstverständlich!"

Danach machte sich Schulz wieder auf den Weg zu seiner Dienststelle nach Oldenburg.

Dort angekommen wurden zahlreiche Maßnahmen getroffen, um die vermisste Frau Dürwisch zu suchen.

Die nächsten Tagen waren von einer gewissen Hektik geprägt.

Am nächsten Tag suchte Schulz zuerst die Firma der Eheleute auf und er führte ein Gespräch mit dem Prokuristen Herbert Müllerjahns, einem Bruder der Chefin. Er sollte den Betrieb übernehmen, wenn die beiden Eheleute sich aus dem Geschäft zurückziehen wollten. Dies sollte 2020 geschehen.

Herr Dürwisch befindet sich zur Zeit auf einer Geschäftsreise in Nordeuropa. Hier besucht er die Länder Schweden, Finnland, Norwegen und Dänemark. Er ist seit dem 6. Januar dort oben und wird um den 10. Februar wieder in der Firma zurück erwartet.
Seine Frau, also meine Schwester macht dann in der Regel immer Urlaub in Davos bei Freunden. Schulz lässt sich die Adresse geben. Hatte sie in den letzten Tagen irgendwelche Termine?

Herr Müllerjahns ließ die Sekretärin von Frau Dürwisch kommen.

Auf die Frage nach Terminen konnte sie mitteilen, dass Frau Dürwisch nur noch einen Termin hatte, mit ihrem Steuerberater, aber dieser Termin ist schon längst erfolgt. Danach hatte sie keinen Termin mehr und hatte eigentlich ihren Urlaub in Davos geplant.

Deshalb fiel es auch nicht auf, dass sie nicht mehr im Betrieb erschien. Umso mehr herrscht jetzt eine tiefe Bestürzung in der gesamten Belegschaft.

Er bedankte sich bei der Sekretärin und bei dem Bruder für die Auskünfte, der bat ihn doch sofort zu informieren, wenn sich etwas bei den Nachforschungen ergeben würde, damit er Herrn Dürwisch informieren könnte, wenn er sich in der Firma melden würde. Ihn selbst zu erreichen ist schwierig, da er auch die Zeit nutzt, um mit seinen Geschäftspartnern per Hundeschlitten die einsamen Wäldern des Norden zu erkunden.

„Sobald ich etwas weiß, gebe ich ihnen sofort Bescheid." „Ja, danke, dass werde ich auch tun und sie sofort informieren, wenn ich etwas von Herrn Dürwisch höre!"

„Dann bis auf bald.“

Schulz fährt weiter zum Haus der Dürwisch. Obwohl man wusste, dass er noch einmal kommen wollte, war es hier sehr still. Merkwürdig war auch, dass keiner auf sein klingeln reagierte. Er ging um das Anwesen herum.
Es war kaum etwas zu sehen, alle Fenster sind verschlossen und die Rollos in der unteren Etage waren herunter gelassen.

„Was ist denn da los, fragte sich der Kommissar?“

Nachdem er es mehrfach vergeblich versucht hatte, auf sich aufmerksam zu machen, rief er eine Spezialfirma an und lässt durch diese die Tore der Einfahrt und die Eingangstüre öffnen. Die Alarmanlage schlägt an.

Vorsichtig geht Schulz in das geöffnete Haus hinein. Keine vier Minuten später hörte er die Sirenen eines Polizeiautos.

Die Beamten fahren mit hoher Geschwindigkeit vor das Haus. Springen aus dem Wagen heraus und ziehen ihre Waffen. Sie stellen Schulz.

Als einer der Beamten ihm Handschellen anlegen will, brüllt er die Beamten an und sie lassen ihn erschrocken los. Er zeigte ihnen seinen Ausweis.

Dann bekamen sie die Anweisung keinen in das Haus zu lassen.
Er werde das Haus jetzt durchsuchen! Vorsichtig geht Schulz in den Empfangsbereich hinein. Schulz geht die weiteren Räume im Erdgeschoss ab.

In der Küche findet er den alten Diener tot auf dem Boden liegend. Dem ersten Anzeichen nach, wurde er erdrosselt. Schulz ruft sofort die KTU an und sichert erst einmal den Tatort. Eine halbe Stunde später war die KTU da und nahm die Spurensicherung auf. Schulz ging weiter durch das Haus.
Dann wird er durch einen Mitarbeiter der KTU nach oben gerufen. Hier ist alles durchwühlt worden. Sofort wurde die KTU nach oben beordert. Ein Tresor, der eingebaut in einem Wandschrank war, stand offen. Auf dem Boden finden sich Schleifspuren, die ins Bad führten. Aber es ist niemand dort zu finden.

Alles war sehr merkwürdig.

Die KTU nimmt ihre Arbeit auf und findet in einem anderen Bad Reste von Blut. Alles andere war sehr sauber gewischt worden. Im dritten Schlafzimmer finden die Beamten der KTU Einbruchspuren an einer Türe, die zu einem der Balkone führte.

Schulz fragte sich:

„Warum finden wir gerade hier Einbruchspuren und nicht unten im Erdgeschoss?"

„Was war hier geschehen?"

Einbruch?

Mord?

„Was wurde hier gesucht?"

„Wo ist die Frau des Hauses?"

„Warum wurde der alte Diener erdrosselt?"

„Weshalb fand man ihn unten in der Küche?"

„Von wem sind die Blutspuren hier im Bad?"

„Was wurde eigentlich gestohlen?"

So sehr man auch suchte, man fand einfach keine weiteren Spuren. Keine Fingerabdrücke. Keine Fußspuren. Einfach nichts! Alles war fast klinisch rein, als wenn jemand hier noch nach der Tat alles ordentlich gereinigt hätte.

Die vier Mitarbeiter des Hauses trafen nach und nach ein und wunderten sich über die vielen Fahrzeuge im Hof.

Zu ihrer Arbeit konnten sie nicht. Sie wurden für den nächsten Tag nach Oldenburg bestellt, zwecks einer Befragung.

Dann erschien die Tochter des Hauses und zeigte sich tief erschüttert über den Tod des alten Dieners. Kommissar Schulz fing sie ab und fragte sie:

„Wissen sie hier etwas davon?"

„Nein!"

Eher beiläufig erklärte sie dem Kommissar, dass ihre Mutter ihr bei einem ihrer Besuche im Oktober mitteilte, dass sie sich scheiden lassen wollte, da ihr Vater angeblich ihr gegenüber gewalttätig geworden sei. Damit hätte er seine Firma verloren, die ja sein Lebenswerk gewesen ist. Und dies hätte er bestimmt nicht zugelassen.
Sie würde sich sehr große Sorgen um ihre Mutter machen. Ob dies eine Bedeutung hätte?

„Dies ist zum jetzigen Zeitpunkt sehr schwer zu sagen!" „Aber dazu muss man erst die weiteren Untersuchungen abwarten."

„Glauben sie, dass ihr Vater zu solch einer Tat überhaupt fähig sei?"

„Nun, dass will ich nicht behauptet haben, aber nach den damaligen Aussagen meiner Mutter?"

„Ich weiß selbst nicht, was ich noch glauben kann." „Erst verschwindet meine Mutter und jetzt wird unser alter Diener erdrosselt aufgefunden."

„Was ist hier eigentlich los?"

„Bitte, Herr Kommissar, versuchen sie den oder die Täter zu finden, vor allem finden sie bitte meine Mutter!"

„Ich werde mein Bestes geben, um diesen Fall aufzuklären, dass kann ich ihnen versichern."

Schulz ging wieder zurück zum Tatort, der noch viele Rätsel aufgab. Während die KTU ihrer Arbeit nachging, versuchte Schulz den Weg der Täter oder des Täters in das Haus zu verfolgen. Aber, auch wenn er sich noch so genau umschaute, eine Spur, wie die Täter ins Haus gelangen konnten, fand er einfach nicht. Dabei ist das Haus ja total überwacht. Dabei müsste es doch mit Sicherheit eine Aufzeichnung geben. Aber die wurde noch nicht gefunden.

Also ging er wieder in das Haus zurück und suchte nach diesem Gerät, dass die Aufzeichnungen der Überwachung machte. So sehr er auch suchte, er konnte nichts finden.

Er ließ die KTU weiter ihren Job machen.

Bevor er nach Oldenburg zurückfuhr machte er einen Abstecher nach Hooksiel, wo der Sohn der Familie seinen Firmensitz hatte.
Der Kommissar hatte Glück, dass er im Hause war und konnte mit ihm über seine Eltern sprechen.

„Wie war das Verhältnis ihrer Eltern zueinander, Herr Dürwisch?"

„Ich glaube, meine Eltern waren sehr glücklich miteinander?"

„Gab es Streitigkeiten zwischen den Eltern?"

„Warum fragen sie das?"

„Nun, ich habe Hinweise erhalten, dass sich ihre Mutter scheiden lassen wollte, da ihr Vater gewalttätig ihr gegenüber geworden sei?"

„Das ist das erste was ich darüber höre."

„Nein, sie können mir glauben, meine Eltern haben sich immer geliebt und haben immer alles gemeinsam gemacht.

Das Gegenteil war der Fall, meine Eltern hatten vorgehabt, 2020 ihren gemeinsam aufgebauten und sehr erfolgreichen Betrieb, dem Bruder von meiner Mutter zu übergeben, der ja auch schon als Prokurist dort seit zig Jahren arbeitet.

Sie selbst hatten vorgehabt, endlich auf die lang ersehnte Kreuzfahrt zu gehen. Bei meinem letzten Besuch, Ende Dezember, erzählten sie mir davon. Karten hätten sie auch schon und die Fahrt sollte im Mai diesen Jahres stattfinden. Es sollte eine Kreuzfahrt in die Karibik werden. Sie freuten sich wie die kleinen Kinder, die auf Weihnachten warten."

„Aber weshalb fragen sie danach?"

„Nun, wir haben eine Vermissten-Meldung von ihrer Schwester Susanne, die ihre Mutter vermisst?

„Wieso wird meine Mutter vermisst

„Eigentlich müsste sie in Davos sei, wo sie immer bei Freunden ist, wenn mein Vater Anfang des Jahres in den Norden von Europa auf Geschäftsreise ist, die er jedes Jahr so macht."

„Meine Mutter ist dann in Davos zum Skifahren und mein Vater kommt dann immer nach Davos, wenn er seine Besuche im Norden beendet hat, um mit seiner Frau dort einige gemeinsame Urlaubstage zu verbringen."

„Mehr kann ich ihnen auch nicht sagen, da ich meine Eltern seit dem letzten Besuch im Dezember nicht mehr gesehen habe und wir, ich und mein Partner Paul Muskas, um den Jahreswechsel hier immer Hochbetrieb haben, da wir hier an der Küste zahlreiche Ferienhäuser vermieten."

„Ich danke ihnen für die Zeit, die sie für mich hatten."

„Bitte klären sie den Fall auf, vor allem, wo ist meine Mutter, wenn sie nicht in Davos ist.
Sie haben mich jetzt so verunsichert, dass ich mir ebenfalls große Sorgen mache.
Bitte informieren sie mich umgehend, wenn sie etwas von meiner Mutter wissen, wo sie ist oder was mit ihr passiert ist."

„Das werde ich machen, gab der Kommissar zurück."

Er fuhr wieder zurück nach Oldenburg.

Im Oldenburger Kommissariat

Hier hatten die bisherigen Nachforschungen keinen weiteren Hinweis über den Verbleib von Frau Dürwisch gebracht. Man hatte alle Krankenhäuser, alle Polizeistationen im Umkreis angesprochen, aber nirgends gab es eine Spur. Auch das Auto von Frau Dürwisch, ein rotes Saab Cabrio mit dem Kennzeichen FRI – ED 1951 war wie vom Erdboden verschwunden.

Die Nachfrage in Davos hatte noch keine Ergebnisse gebracht. Auf die musste man noch warten. Ebenso auf die Auswertungen der KTU.

Jetzt konnte man nur noch auf die Rückkehr von Herrn Dürwisch warten. Dabei stellte sich der Kommissar die Frage?

„Konnte Herr Dürwisch überhaupt seine Frau umgebracht haben? Er war ja schon einige Tage vorher auf die Geschäftsreise in den Norden gegangen, bevor seine Frau den Termin beim Steuerberater hatte.

Was wäre wenn, ja wenn er irgendwie seine Reise unterbrochen hätte und seine Frau getötet hätte?

Gleichzeitig stellt sich hier die Frage:

Warum sollte er dann Tage später auch noch den alten Diener umbringen? Was ja keinen Sinn machte. Oder war er von dem Diener bei seiner Tat überrascht worden und weshalb er sterben musste? Dann wäre er wahrscheinlich noch hier vor Ort gewesen und hätte die Entwicklung verfolgen können und musste jetzt handeln. Oder er reiste mehrmals hin und her zwischen seinen Terminen oben im Norden. Aber dann hätte er hier nichts von den Entwicklungen mitbekommen. Oder hatte er vielleicht einen Mittäter?

In seinen Überlegungen vertieft, kam der Anruf aus Davos von der dortigen Gendarmerie herein. Er sprach mit dem dortigen Leiter, einem Herrn Lichtkogl.

Seine Nachforschungen haben folgendes ergeben:

Bei den Freunden von Frau Dürwisch kam sie nicht an.

Was aber bemerkenswert sei, ist die Tatsache, dass die Freunde ein Telegramm von Frau Dürwisch erhielten, dass sie auf Grund einiger noch anstehenden Finanztransaktionen später kommen würde, vermutlich zusammen mit ihrem Mann.

Sie würde sich noch einmal melden. Die Freunde waren zwar etwas erstaunt über dieses Telegramm, da sie sich sonst immer per Telefon bei ihnen gemeldet hätte. Hatten aber dem keine weitere Bedeutung gegeben, da dies ja schon immer mal vorgekommen wäre, dass sie ihren Besuch verschoben hat, wenn es beruflich im Betrieb drunter und drüber ging. Sie fuhr nur, wenn alles ordentlich im Betrieb geregelt war. Da war sie immer sehr genau und penibel. Aber bis heute ging keine weitere Nachricht ein.

Das Telegramm konnte sichergestellt werden und so wie es aussieht, wurde es in Bremen aufgegeben. Eine Kopie geht Ihnen per Fax zu.

Kommissar Schulz bedankte sich bei seinem Schweizer Kollegen und legte dann auf.

Puh, jetzt wurde die ganze Lage noch verwirrender.

„Wer gab das Telegramm auf? Frau Dürwisch? Oder ein anderer? Ihr Mann vielleicht, auf dem Weg zum Flughafen Bremen?

Wäre vielleicht möglich?

Aber kann dies so gewesen sein?

Der 10. Februar 2019

Flughafen Bremen. Es ist 14.30 h und man erwartet den Flug 383 aus Stockholm. Kommissar Schulz und drei Beamte stehen bereit, um Herrn Dürwisch in Empfang zu nehmen.

Als Herr Dürwisch die Empfangshalle verlassen wollte, wurde er von dem Kommissar gebeten, doch mit ihm auf sein Kommissariat nach Oldenburg zu kommen, um einige Fragen über seine Frau zu klären. Erstaunt und ohne große Gegenwehr ließ er sich darauf ein. In Oldenburg angekommen wurde Herr Dürwisch in einen Verhör-Raum geführt, während Schulz noch schnell aus seinem Büro die Unterlagen holte.

Herr Dürwisch, wissen sie, warum wir sie hier von Flughafen direkt nach Oldenburg gebracht haben?"

„Nein, ich bin etwas überrascht über diese Aktion, aber sie werden mich vermutlich gleich darüber aufklären, welche Bewandtnis hier zur Grunde liegt."

„Das werde ich ihnen sagen: Sie stehen unter dem dringenden Verdacht ihre Frau ermordet zu haben!"

„Wie kommen sie auf dieses schmale Brett?"

„Nun, wir bekamen am 30. Januar eine Vermissten-Meldung, aufgegeben von ihrer Tochter. Diesem Hinweis sind wir nachgegangen, konnten ihre Frau aber bisher nicht auffinden. Einen Tag später, also am 31. Januar war ich in ihrer Firma und erfuhr von ihrem Prokuristen Herrn Müllerjahns, dass sie seit dem 6. Januar in den Ländern Schweden, Norwegen, Finnland und Dänemark auf Geschäftsreise waren."

„Ja, die mache ich jedes Jahr zu dieser Zeit."

„Aber was sagen sie da, meine Frau wird vermisst? Moment mal, ich habe doch noch am 30. Januar in der Frühe noch mit ihr gesprochen und wir haben noch über ihren Urlaub in Davos gesprochen und das ich dann am 11. Februar nachkommen wollte.

In der Firma wäre alles soweit in Ordnung und das ich einige, größere Abschlüsse schon in der Tasche hätte und in den nächsten Tagen auf einer Schlittenfahrt nach Hammerfest wäre mit einigen weiteren Geschäftsfreunden und ich dann dort auf weitere Abschlüsse hoffen konnte.

Darauf sagte meine Frau noch:

Das ist ja super, dann kann ich ja dies schon meinem Bruder sagen. Aber er glaubt jenes ja doch nur, wenn er dies schwarz auf weiß hat. Deshalb sagte ich meiner Frau noch: Wenn ich am 10. Februar zurück komme, was so gegen Mittag sein werde, dann fahre ich noch schnell in den Betrieb, um deinem Bruder die Abschlüsse vorzulegen. Danach fahre ich nach Hause, packe meinen Koffer und komme am nächsten Tag nach Davos. Sie freute sich, mich dort wieder zu sehen."

„Und jetzt soll sie vermisst sein?"

„Wieso?"

„Herr Dürwisch, es kommt noch schlimmer!"

„Wir haben einen Tag nach der Vermissten-Meldung in ihrem Hause ihren alten Diener tot aufgefunden.

Erdrosselt!

Wir haben Einbruchspuren in einem der oberen Schlafzimmer gefunden. Der Tresor war offen! Wir fanden Spuren von Blutresten im Badezimmer. Sonst war alles penibel gesäubert worden."

„Was, sie haben meinen alten, treuen Diener tot aufgefunden?

Erdrosselt?"

„Wo, ist denn meine Frau?

Was ist denn mit ihr?"

„Bisher haben wir kein Lebenszeichen von ihr!"

„Vielleicht können sie uns weiterhelfen?"

„Sie sehen mich gerade in einer Lage, wo ich nicht mehr klar denken kann. Das muss ist erst einmal verdauen. Könnte ich etwas zu trinken haben?"

Man reichte ihm ein Glas Wasser.

„Danke!"

Mit zittrigen Händen nahm er das Glas und trank daraus einen tiefen Schluck. Vorsichtig setzte er es wieder auf dem Tisch ab und vergrub sein Gesicht in seine Hände und schüttelte immer wieder mit dem Kopf."

Kommissar Schulz ließ ihn eine Weile in Ruhe sitzen, um dann fortzufahren in der Befragung.

„Sicher können sie mir einen Zeitplan geben über ihre Besuche im Norden von Europa."

„Ja, das kann ich."

„Ich kann ihnen meinen Terminkalender zur Verfügung stellen, dort sehen sie meine Besuche, meine Übernachtungen, meine Termine und Aktivitäten genau verzeichnet. Allerdings brauche ich den ja noch, um gegebenenfalls Termine abzusagen, die ich nicht wahrnehmen kann, so lange wie ich nicht weiß, wo meine Frau ist."

"Ich hoffe, sie haben dafür Verständnis."

„Wir werden eine Kopie davon anfertigen lassen."

„Das ist schon in Ordnung."

Herr Dürwisch, ihr Sohn hat uns erzählt, dass sie die Firma an ihrem Prokuristen Herrn Müllerjahns im nächsten Jahr abgeben wollen?"

„Ja, das ist richtig. Schauen sie, ich bin jetzt über Siebzig Jahre alt und meine Frau geht auch schon auf die siebzig zu, da dürfte man doch über einen Rückzug aus dem Geschäft nachdenken.
Die Firma ist ja gut aufgestellt. Ich habe viele bewährte, langjährige Mitarbeiter, die jetzt die Verantwortung übernehmen werden."

„Was hatten sie danach vor, mit ihrer Frau?"

„Nun, danach wollten wir beide im Mai 2020 auf eine Kreuzfahrt in die Karibik gehen. Darauf haben wir uns schon lange gefreut. Die Karten haben wir auch schon gekauft.

Endlich mal vier Wochen allein zusammen sein, ohne eine Nachricht aus dem Betrieb zu erhalten, mal etwas Neues sehen und gemeinsam erleben.

Das war unser Traum!"

„Den haben sie mir gerade eben mit ihrer Nachricht zerstört!"

„Ich bin immer noch völlig am Boden zerstört und kann es nicht fassen, wo meine Frau ist."

„Eine Frage habe ich noch an sie:

„Sie haben ihr Zuhause komplett abgesichert. Gibt es irgendwo Aufzeichnungen, die hinterlegt worden sind?"

„Ja, alle Daten, die die Überwachungskameras aufnehmen, gehen direkt in die Firma und werden dort archiviert. Ein Mitarbeiter, ein Herr Bergus, überwacht dies und kann ihnen dabei weiterhelfen."
„Danke, das werden wir machen. Denn im Hause konnten wir nichts finden!"

„Das ist richtig. Wir lagern generell diese Überwachungsstation nach außerhalb aus, damit sie nicht von Unbefugten zerstört werden kann, und so eventuelle Beweise vernichtet werden können."

„Herr Dürwisch, wir können ihnen dies leider nicht ersparen, aber wir müssen mit ihnen zum Tatort fahren, damit sie uns sagen können, ob irgendetwas im Haus fehlt."

„Ja, dass sollten wir tun."

Gemeinsam und mit einem Mitarbeiter der Soko, die mittlerweile eingerichtet wurde, fuhr man ins Wangerland.

Am Tatort

Das Fahrzeug fuhr vor. Diesmal kamen sie ohne Probleme ins Haus, da ja der Eigentümer mit dabei war. Zuerst machte man einen Rundgang durch das Haus. Man zeigte ihm die Küche, wo der Diener aufgefunden worden war.

„Was ist mit seiner Leiche geschehen?"

„Nun, bisher liegt sie noch in der Gerichtsmedizin."

„Wann wird sie freigegeben, damit ich sie würdevoll beisetzen lassen kann?"

„Ich denke, wir können sie in den nächsten Tagen freigeben. Hatte der Tote irgendwo noch Familienangehörige?"

„Nein, er war ganz alleine und war froh, das er hier bei uns leben und dienen konnte, was er schon immer in seinem Leben gemacht hatte. Er war unsere treue Seele des Hauses."

Dann gingen sie nach oben. Dort schaute sich Herr Dürwisch sehr genau um.

Er fand, dass die Koffer seiner Frau fehlten.

Aber fast alle Sachen, die sie sonst mit in den Urlaub nahm, waren noch da! Ihr Wintermantel, ihre Skischuhe, ihre dicken Norweger-Pullover, ihre Schals und Mützen.

„Damit stellte sich dem Kommissar die Frage: Warum fehlten die Koffer, aber die Wintersachen hingen noch im Schrank?"

Weiter ging es durch die Räumlichkeiten. Auch im Bad fanden sich Sachen, die eigentlich seine Frau immer mitnahm, wie zum Beispiel ihre speziellen Cremes und Badelotionen. Alles noch da! Weiter ging zum Wandschrank, wo der Tresor eingebaut war. Auch diesen schaute sich Herr Dürwisch sehr genau an. Spuren einer gewaltsamen Öffnung fand man nicht.

„Geld und Wertgegenstände hatten wir nie zu Hause. Alles lagert im Tresor in der Firma. Außer ein paar wertlosen Informationen über neue Ideen. Aber ansonsten?"

„Wo haben sie die Karten für die Seereise aufbewahrt. Die Karten hatten wir in dem kleinen Schreibtisch dort im oberen Fach aufbewahrt."

„Gefunden haben wir aber keine Karten!"

„Das ist nicht möglich. Wir beide haben sie dort noch gemeinsam abgelegt und uns schon gefreut, dass es in einem Jahr losgeht."

„Bei dem ganzen Durcheinander, was hier bei meinem Eintreffen vorzufinden war, haben wir keine Karten gefunden. Auch in den ganzen Unterlagen, die am Boden verstreut waren und nun bei der KTU liegen, haben wir keine Karten gefunden."

„Wie waren sie verpackt?"

„Sie waren in einem Umschlag von dem Reisebüro aus Jever. Der Umschlag war etwas größer als ein Briefumschlag der Größe DIN A 5. Also recht groß und auffällig. Außen war der Umschlag mit einem bunten Bild verziert, dass ein Schiff auf hoher See zeigte."

„Nein, so etwas haben wir in dem ganzen Durcheinander nicht gefunden."

Man ging weiter durch das Haus. Weitere Auffälligkeiten wurden nicht festgestellt. Was allen aber ein Rätsel war, warum fand man hier oben Einbruchspuren an einer der Balkontüren und nicht unten.

Welchen Sinn sollte dies machen? Zumal der umlaufende Balkon mit zwei Kameras gesichert war.

Was werden wohl die Aufnahmen zeigen?

Man verließ das Wohnhaus und fuhr noch einmal zur Firma von Herrn Dürwisch. Dort angekommen erwartete ihn die Belegschaft und wollte neue Informationen haben. Auch Herr Müllerjahns war anwesend. Herr Dürwisch erklärte, dass man ihn am Flughafen abgepasst hätte und ihn mit den schrecklichen Tatsachen, dass seine Frau verschwunden sei und sein alter, treuer Diener tot in seinem Haus aufgefunden worden ist. Erdrosselt! Man geht hier von einem Tötungsdelikt aus.
Er rief seinen Prokuristen zu sich und beauftragte ihn mit der sofortigen Leitung des Unternehmens, solange bis sich die unklare Lage über den Verbleib seiner Frau und den Tod seines Dieners aufgeklärt hat.

Gleichzeitig übergab er seine Abschlüsse, die er im Norden von Europa gemacht hat, ihm zu treuen Händen.

Danach gingen sie in den Raum, wo sich die Aufzeichnungen befanden. Der Mitarbeiter Herr Bergus suchte die Filmaufnahmen heraus und legte sie ein.

Man ließ sie zweimal durchlaufen, konnte aber keine besonderen Auffälligkeiten feststellen. Herr Dürwisch bat seinen Mitarbeiter, doch den Film noch einmal durchlaufen zu lassen und zwar sehr langsam. Also sahen sich alle noch einmal diesen Film in Zeitlupe an.

Plötzlich schrie Herr Dürwisch stopp und ließ sich eine Lupe geben und schaute sich das Bild sehr genau an. Dabei entdeckte er, dass man das Bild manipuliert hatte.

Er zeigte dem Kommissar einen kleinen, winzigen weißen Streifen am Bildrand des Filmes und sagte:

„Wissen Sie, was ich hier sehe?" Hier hat einer den Versuch unternommen, mit einem vorgesetzten Bild an der Kamera, eine Idylle vorzugaukeln, die es nicht gab.

So konnte Herr Bergus nichts auf dem Bildschirm erkennen, was hier auf dem Balkon tatsächlich ablief. Entweder war er technisch sehr bewandert oder er kannte sich aus. Trotzdem machte er diesen kleinen Fehler und zeigt uns, dass hier manipuliert wurde."

„Okay, dann sind wir wieder etwas schlauer geworden."

Dann warf man noch einen Blick in die Garagen. Hier standen noch alle alten Wagen.

„Wie teuer sind diese Wagen," fragte Schulz?

„Nun," sagte Herr Dürwisch, „alle Autos haben einen Liebhaber-Preis, aber dennoch sind sie fast unverkäuflich, da jeder weiß, wem diese Fahrzeuge gehören. Also ein Fremder hätte wohl kaum keine Chance, diese Fahrzeuge zu veräußern, ohne dass man bei mir nachfragen würde."

„Wo sollen wir sie hinbringen?"

„Können sie mich nach Hooksiel bringen, zu meinem Sohn?" Vermutlich werde ich in meinem Hause für`s erste nicht wohnen können?"

„Das ist richtig, dies ist ja ein Tatort."

„Dann werde ich mir ein Ferienhaus bei meinem Sohn mieten und dort vorerst bleiben."

Schulz fuhr ihn noch nach Hooksiel und von dort aus wieder zurück nach Oldenburg.

Der Vorfall im Juni

In den nächsten Monaten geschah nicht sehr viel. Die Überprüfung von Herrn Dürwisch ergab ein lückenloses Alibi auf seiner Geschäftsreise durch Nordeuropa. Also konnte man ihn als Täter ausklammern. Auch die Kinder waren außen vor. Selbst die vier Angestellten der Familie hatten für die Zeit der vermeintlichen Tat ein Alibi.

Also ging man jetzt davon aus, dass eine Fremdeinwirkung vorliegen müsste. Dabei ist das Verschwinden von Frau Dürwisch weiterhin rätselhaft, zumal es keinerlei Forderungen gab, die auf eine Entführung schließen ließ.

Auch sonst gab es keine Hinweise, auf irgendwelche Aktionen, wo eventuelle Wertgegenstände zu Geld gemacht wurden. Man kam einfach nicht weiter. Eine weitere Frage stand immer noch im Raum:

„Weshalb wurde der Diener umgebracht?

Wusste er etwas?

Hatte er etwas mitbekommen, was ihn zu Tode kommen ließ?"

Alles Fragen, zu denen es noch keine Antworten gab. Man tappte hier regelrecht noch im Dunkeln.

Dann, plötzlich im Juni, an einem schönen, warmen Sonnentag wurde die Polizeiwache in Jever gegen 11 Uhr angerufen. Es meldete sich ein Zeuge, der an einem See an der B 210, einer Bundesstraße, die von Wittmund, an Jever vorbei, nach Wilhelmshaven führt, etwas auffälliges im Wasser schwimmen gesehen hatte. Ein Streifenwagen fuhr zu dem See hinaus, wo der Zeuge auf die Beamten gewartet hatte.

Die Beamten warfen ein Blick auf das, was dort im Wasser schwamm. Es sah wie nach einem Dachteil von einem Auto aus. Die Beamten waren etwas ratlos, zumal das Teil in Mitte des Sees schwamm. Da ja immer noch die Suche nach dem Saab offen stand, riefen sie Kommissar Schulz an, der sich sofort auf dem Weg machte.
Im gleichen Atemzug bat er die Beamten, die Wasserwacht anzurufen, damit sie mit einem Boot heraus kommen.

Nach einer halbstündigen Fahrt traf der Kommissar ein. Kurze Zeit später traf auch die Wasserwacht ein.

Das mitgebrachte Boot wurde zu Wasser gelassen und man fuhr zu dem Dachteil in der Mitte des Sees hin. Man konnte das Dach leicht anheben. Es schien frei zu schwimmen.
Sie fuhren wieder zum Ufer zurück. Man informierte die KTU, eine Tauchergruppe der Polizei und auch das THW.

Nach einer Stunde waren alle vor Ort.

Nach einer kurzen Beratung schickte man die Taucher in den See, um nach einem Auto zu suchen. Nicht weit von dem Dach, fand man in einigen Meter Tiefe ein Auto – ein Cabrio! Sofort wurden alle Vorbereitungen getroffen, das Auto zu bergen. Als man mit dem Hebe-Vorgang begann und die ersten Umrisse des Autos sah, war es dem Kommissar klar, dass dies das Auto von Frau Dürwisch war. Aber sie selbst war nicht drin. Danach begann man mit einer intensiven Suche nach der Leiche der Frau. Man setzte alles ein, was es an Hilfsmittel gab.

Aber eine Leiche konnte man auch nach Stunden der Suche nicht finden.

Kommissar Schulz war etwas ratlos.

Er veranlasste eine erweiterte Suche nach Frau Dürwisch rund um den See. Aber eine Spur fand sich nicht.

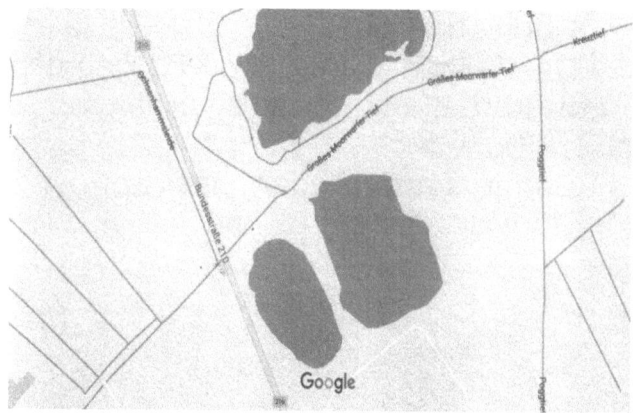

An dem rechten unteren See fand man das Auto. Aber nach einer Spur von Frau Dürwisch suchte man vergebens.

Bis zum späten Abend suchte man verzweifelt weiter. Dann musste man wegen der Dunkelheit die Suche abbrechen.

Sie sollte am nächsten Morgen weitergehen.

Am nächsten Morgen stand eine Hundertschaft bereit, um ein großes Gebiet um die drei Seen abzusuchen.

Gegen Abend musste die Suche erneut erfolglos beendet werden. Man fand einfach keine einzige Spur von Frau Dürwisch.
Der Wagen wurde zur KTU gebracht, um weitere Erkenntnisse zu erhalten.

Damit starb wieder eine Hoffnung Frau Dürwisch lebend zu finden.

Im Kommissariat Oldenburg

Jetzt hatte man zwar das Auto gefunden, aber dennoch blieben noch viele Fragen offen. Ja, eigentlich wurden die Fragen immer mehr und eine Lösung schien noch in weiter Ferne.

Nach den Überprüfungen der Alibis fiel dem Kommissar eines auf, dass das Alibi von dem Bruder doch etwas schwach war. Also lud er den Bruder vor. Denn eigentlich hätte er ein Motiv. Er sollte ja den Betrieb übernehmen, vielleicht wollte er die Übernahme beschleunigen.

Hatte er hier nachgeholfen? Vielleicht mit einem Gehilfen, damit dies wie ein Raub aussehen sollte?

Am nächsten Morgen kam Herr Müllerjahns zur Anhörung.

„Guten Morgen, Herr Müllerjahns"

„Guten Morgen, Herr Kommissar, gab Herr Müllerjahns zurück."

„Herr Müllerjahns, wie sie ja mit Sicherheit bereits wissen, haben wir den Wagen ihrer Schwester in einem See bei Jever gefunden.

Nur sie konnte bisher nicht gefunden werden. Sie bleibt bis heute vermisst. Wir haben ihr Alibi überprüft und haben da noch ein paar Fragen dazu."

„Was möchten sie wissen?"

„Sie haben angegeben, dass sie in der Zeit vom 25.1 bis zum 9.2 jeden Tag im Betrieb waren und auch Frau Dürwisch noch gesehen haben, als sie zum Steuerberater ging, wo sie ja noch einen Termin hatte. Dazu gaben sie an, die Abende zu Hause verbracht zu haben. Sie waren allein, da ihre Frau für ein paar Tage bei ihrer Mutter war, um sie, nach ihrem Unfall, zu pflegen. Gibt es für diese Zeit Zeugen, die bestätigen können, dass sie zu Hause waren?"

„Ich war alleine Zuhause. Ich bin nicht der Typ, der dann Abends auf die Rolle geht. Ich bin zuhause geblieben, zumal die Arbeitstage immer sehr anstrengend sind, wenn der Chef und die Chefin nicht im Hause sind.

So war ich froh, dass ich abends zuhause war und die Füße hoch legen konnte.

Ich habe in dieser Zeit mehrfach am Abend mit meiner Frau gesprochen – über dem Festnetz, da dort, wo meine Schwiegermutter wohnt, es keinen Handyempfang gibt.

So haben wir am Abend dann halt länger telefoniert. Dies müsste eigentlich meine Schwiegermutter bezeugen können und auch der Telefonnachweis sollte Ihnen dies bezeugen können."

„Wie komme ich in den Verdacht, meine Schwester getötet oder entführt zu haben, um an die Führung des Unternehmens zu kommen?"

„Ich hätte die Leitung in einem Jahr so oder so übernommen, also warum sollte ich hier eingreifen. Es war ja klar, dass sich die Eheleute Dürwisch, die ja beide schon um die Siebzig sind, sich aus dem Geschäft zurückziehen wollten und schon alles für diesen Zeitpunkt vorbereitet hatten. Also gab es für mich keinerlei Veranlassung hier etwas zu beschleunigen. Die Eheleute Dürwisch hatten ja schon alles vorbereitet und freuten sich auf ihre Kreuzfahrt in die Karibik."

„Herr Müllerjahns, ich glaube das war es schon. Ihre Angaben werden wir noch überprüfen und für heute sind sie entlassen."

„Bitte teilen sie mir mit, wenn sie etwas von meiner Schwester hören, sehen oder finden.

Denn diese Ungewissheit zerrt uns allen gewaltig an den Nerven.
Auch die Belegschaft ist total verunsichert, da sie nicht weiß, was hinter dem Verschwinden meiner Schwester steckt und auch dem Tod von dem alten Hausdiener der Familie. Jetzt findet man den Wagen meiner Schwester, aber sie selbst bleibt wie vom Erdboden verschwunden."

Was soll dies alles bedeuten?"

„Herr Müllerjahns, sobald wir etwas Neues erfahren, geben wir ihnen Bescheid."

„Das wäre nett."

„Auf Wiedersehen, Herr Müllerjahns."

Kommissar Schulz setzte sich still auf seinen Bürosessel, vor ihm lag die Akte und man hatte bis heute keinen einzigen Hinweis auf dem Verbleib von Frau Dürwisch. Auch der Mord an dem Diener konnte bisher nicht aufgeklärt werden.

Was sollte er nun machen?

Alle bisherigen Untersuchungen verliefen ins Leere.

Eine wirklich heiße Spur gab es nicht. Man hatte nur vage Vermutungen, die aber alle wie eine Seifenblase zerplatzten. Man hatte zwar den Wagen gefunden, aber eine Leiche oder eine Spur von Frau Dürwisch gab es nicht. Alle „Verdächtigen" hatten ein wasserdichtes Alibi, wie man so schön sagt.

Dann war da noch der Mord an dem alten Diener des Hauses.

Weshalb musste er sterben?

Hatte er etwas gesehen oder war er gar ein Augenzeuge, der zum falschen Zeitpunkt am verkehrten Ort war und dadurch sein Leben lassen musste?

So ratlos, wie in diesem Fall, war er
selten.

Kommissar Schöne kommt ins Spiel

Es war mittlerweile schon November geworden und Schulz hatte nichts Neues mehr in diesem verzwickten Fall erreichen können. Also setzte er seine beste Waffe in einem solchen Fall ein, den ZBV (Zur besonderen Verfügung), seinen alten Lehrmeister Kommissar a. D. Klaus Schöne.

Beide trafen sich im Kommissariat in Oldenburg. Ihrem alten Ritual folgend, also bei einer guten Tasse Kaffee und den geliebten Plätzchen, saßen beide im Büro zusammen und Schulz erzählte von diesem doch sehr merkwürdigen Fall.

Man hatte eine vermisste Frau, einen toten Diener und das Auto der vermissten Frau. Sonst gibt es keine weiteren verwertbaren Spuren, die einem weiter führen konnte.

Schulz gab seinem Kommissar alle bisher bekannten Ergebnisse zum Besten. In aller Ruhe schaute sich Kommissar Schöne die gesammelten Erkenntnisse und Aussagen an.

Viel konnte er auf den ersten Blick nicht entdecken, wo er ansetzen konnte.

Aber dies sollte bei ihm nichts heißen.

Als erstes wollte er beide Tatorte in Augenschein nehmen, um sich einen Eindruck zu verschaffen. Danach wollte er noch ein Gespräch mit dem Ehemann führen, um mehr über die Familie zu erfahren.

„Also sollten wir uns morgen zuerst am See treffen, wo das Auto gefunden wurde, anschließend geht es zu dem Haus. Geht dies morgen so gegen 11 Uhr?"

„Ja, dass ist kein Problem. Das können wir machen."

„Die Unterlagen nehme ich nicht mit, sondern schicken sie mir diese auf meinen Laptop, dann habe ich alle Daten und Aussagen immer sofort zur Hand."

„Ist schon geschehen."

„Das ist ja super! Also dann bis morgen Vormittag an dem See bei Jever!"

„Also dann, bis morgen Vormittag.“

Kommissar Schöne fuhr dann wieder zurück nach Esens, wo er wohnte.

Auf der Heimfahrt ging er noch einmal im Geiste alle bisher bekannten Fakten durch. Aber bevor er sich weitere Gedanken machen wollte, hatte der Besuch an den Tatorten Vorrang.

Zu Hause angekommen, wollte er zuerst etwas mehr über das Wangerland wissen und schaute im Internet nach, wo er folgendes fand:

Die Gemeinde Wangerland liegt im nördlichsten Teil des Landkreises Friesland und hat im Norden und Osten einen direkten Zugang zur Nordsee auf einer Länge von rund 27 Kilometer.

Das vorgelagerte Watt gehört zum Nationalpark Niedersächsisches Wattenmeer, was seit 2009 zum Unesco Weltkulturerbe gehört.

16 Ortsstellen bilden die Gemeinde Wangerland, dazu gehören Altgarmsiel, Förrien, Friederikensiel, Haddien, Hohenkirchen, wo sich auch der Verwaltungssitz der Gemeinde befindet, Hooksiel, Horum, Horumersiel, Middoge, Minsen, Neugarmsiel, Oldorf, Schillig, Tettens, Waddewarden, Wiarden und Wiefels.

Ebenso gehört die Insel Wangerooge zum Wangerland.

Die Flächennutzung besteht hauptsächlich in einer bäuerlichen Nutzung.
Ein Drittel ist Ackerland, der Rest besteht aus Grünland.

„Die Mitarbeiter vom Deich"

Im Bereich von Wangerland gibt es zahlreiche sogenannte Tiefs, die früher zur Entwässerung der Flächen dienten. Aber die Tiefs wurden auch für den Transport von Gütern genutzt.

Bei Hohenkirchen liegt das Wangermeer, ein künstlich angelegter, ca, 100 Hektar großer Freizeitsee.

Alte Siedlungsfunde zeigen auf, dass es hier schon im 2. Jahrhundert vor Chr. kleine Ansiedlungen gab. Erste Erwähnungen gab es bereits schon zu den Zeiten von Karl dem Großen, also gegen 800 n. Chr.
In den Jahren von 1583 bis 1870 war Hooksiel ein Vorhafen von Jever.

In den beiden Weltkriegen war in Schillig die Marine stationiert. Zu dieser Zeit gab es eine Bahnlinie nach Schillig, die aber ausschließlich von der Marine bedient wurde.

Die heutige Gemeinde Wangerland besteht erst seit dem 1. Februar 1971! Also noch eine recht junge Gemeinde.

Das Wappen der Gemeinde zeigt eine Nixe auf blauen Grund, auch Seewefken genannt.
Ihr Oberkörper ist unbekleidet, das blonde Haar zu einem Zopf geflochten.

Den Zeigefinger der rechten Hand hält sie drohend hoch.

Der Unterkörper, silbern und schuppenbedeckt endet als Schwanzflosse.

Besondere Sehenswürdigkeiten befinden sich in Hooksiel, wie zum Beispiel das Künstlerhaus, vormals ein Rathaus, und die Burg Fischhausen, ein ehemaliger Häuptlingssitz.

Im Ortsteil von Horumersiel steht eine alte Windmühle, ein sogenannter Galerieholländer.

In Minsen befindet sich das Nationalparkhaus Wangerland.

Das Wahrzeichen von Hohenkirchen ist der 30 m hohe und weithin sichtbare Wasserturm, der 1934 nach den Plänen des Hamburger Architekten Fritz Höger als Klinkerbau errichtet wurde.

Ferner gibt es zahlreiche kirchliche Sakralbauten beider Konfessionen.

Die Wirtschaft lebt hauptsächlich vom Tourismus. 2014 gab es mit über 300.000 Übernachtungsgästen über 2 Millionen Übernachtungen.

Die Gemeinde ist über die Landstraße L 810 angebunden an die BAB 29 bei Fedderwarden.

Zum Küstenbild gehören die zahlreichen Windkraftanlagen, welche rund 45 Millionen Kilowattstunden produzieren und so rund 10.000 Haushalte versorgen können.

Dies soll nun erhöht werden durch zahlreiche Erneuerungsbauten der Windkraftanlagen, um damit dann rund 20.000 Haushalte zu versorgen.

„Na ja, davon werde ich ja morgen einiges schon sehen."

An den Tatorten

Gegen 11 Uhr trafen sich die beiden Kommissare an dem See bei Jever an der B 210. Langsam gingen die Beiden zu dem See, immer den Blick nach unten, auf irgendwelche Spuren zu werfen. Jede Kleinigkeit könnte wichtig sein, zum Beispiel ein kleiner Knopf, ein Zigarettenstummel oder gar auch nur ein Faden. So sehr sie auch die Augen offen hielten, sie fanden nichts.

Dann standen sie vor dem See. Ein kleiner, unbefestigter Weg führte von dem Weg ab, direkt zum See. Hier musste der Wagen hinein geschoben worden sein.
Das Gelände fällt leicht ab, was dann auch die Lage des Fahrzeuges erklären könnte.
Kommissar Schöne ging diesen Weg mehrmals auf und ab, immer mit einen starren Blick auf dem Boden gerichtet.
In einem Gebüsch fand er ein kleines Seil, was mit Sicherheit nicht dahin gehörte. Er sammelte es ein, für eine weitere Untersuchung durch die KTU.

Sonst wurde nichts weiter gefunden.

Danach ging es weiter nach Hohenkirchen zum Haus der Dürwisch. Kommissar Schöne war beeindruckt von dem Gebäude, der Zufahrt und dem Zaun, der das Gelände umgab.

Bevor sie in das Haus hinein gingen, wollte Schöne erst einmal durch den parkähnlichen Garten gehen, um sich einen genauen Überblick zu verschaffen. Die Anlagen waren sehr gepflegt, da der Gärtner die Erlaubnis hatte, den Garten auch weiterhin zu pflegen. Auch die Pool-Anlage war in Ordnung. Ausfällig waren nur die vielen griechischen Statuen, die in jeder Nische standen.
Alle waren mit Namensschilder versehen, nur eine nicht. Sie war wohl neu hier.
Nachdem er seinen Gang abgeschlossen hatte gingen die beiden Kommissare ins Haus hinein.

„Donnerwetter, entfuhr es dem Kommissar Schöne, was für eine Treppenanlage, wie in einem amerikanischen Film. Auch hier hingen viele Bilder die griechische Götter und Göttinnen zeigten. Herr Dürwisch schien ein Faible für die griechische Kunst zu haben, denn überall standen kleine und große Statuen herum.

Zuerst gingen sie einmal durch alle Räume, dabei erzählte Schulz, was man hier und da vorgefunden hatte. Jedes Detail interessierte Schöne. Viel gab es nicht mehr zu sehen, da die KTU schon alles auf den Kopf gestellt hatte und kaum verwertbare Spuren finden konnte. Bei den Kameras hatte man ja mit der Hilfe von Herrn Dürwisch festgestellt, dass man vor der Kamera vermutlich eine Aufnahme davor gehängt hatte, um so ein normales Bild vorzutäuschen, was der Controller nicht bemerken konnte. Nur den scharfen und geübten Augen von Herrn Dürwisch war es zu verdanken, dass man dies aufdecken konnte.

„Also musste es jemand sein, der sich hier auskannte und auch über die Anlage Bescheid wusste und sie entsprechend manipulieren konnte."

„Schulz, im Bericht hatte ich gelesen, dass man in einem der Bäder Blutspuren gefunden hatte. Konnte man diese schon irgendjemand zuordnen?"

„Nein, bisher konnten wir keinen Treffer landen, obwohl wir jeden, der hier Zugang hatte, einen DNA Test unterzogen hatten."

„Der tote Diener, den man in der Küche gefunden hatte, wies er weitere Merkmale eines massiven Angriffes auf?"

„Nein, nur die Würge-Male am Hals, vermutlich durch einen Strick entstanden. Aber einen Strick haben wir hier nicht gefunden."
„Ob die Küche auch der Tatort war, ist ebenfalls auch nicht gesichert."

„Vermutlich hatte der Täter ein leichtes Spiel, den alten Diener zu töten, denn viel Kraft war hier nicht nötig."

„Konnte man feststellen was fehlte, so wie es hier stand, dass hier oben alles durchwühlt war. Der Tresor stand offen."

„Ja, dass ist das Verrückte an diesem Fall: Eigentlich fehlte hier nichts, wie man bis jetzt weiß, aber angeblich hatte Frau Dürwisch vor, nach Davos zu fahren, die Koffer waren nicht mehr da, aber die Sachen, die sie immer mit nach Davos nahm, hingen hier noch im Schrank. Die Koffer haben wir dann leer in dem Wagen gefunden. Auch dies gibt mir noch Fragen auf.

Das, was wir nicht gefunden haben, waren die bereits schon gekauften Karten für die Seereise in die Karibik. Bisher blieben sie spurlos verschwunden.

Die Reise sollte im Mai 2020 stattfinden."

Kommissar Schöne machte zahlreiche Bilder von verschiedenen Stellen des Hauses. Sowie zahlreiche Bilder von dem Balkon aus, mit Blick in den Garten.

Nachdem er damit fertig war, konnten beide das Haus wieder verlassen. Nachdenklich stieg Schöne in das Auto und man kam überein, dass man sich in drei Tagen in Oldenburg wieder treffen wollte, um sich auszutauschen, ob es neue Erkenntnisse gibt.

In den nächsten Tagen wollte Kommissar Schöne noch ein Gespräch mit Herrn Dürwisch führen. Dafür musste er nach Hooksiel fahren.

Gespräch mit Herrn Dürwisch

Kommissar Schöne suchte Herrn Dürwisch in seiner „Ersatzwohnung" auf. Bei einer Tasse Kaffee, die Herr Dürwisch aufgesetzt hatte, begann Herr Schöne:

„Herr Dürwisch, wie schon ihnen am Telefon erklärt, habe ich die weiteren Ermittlungen übernommen und versuche mir ein Bild zu machen und dazu brauche ich die Gespräche mit allen. Denn mein klares Ziel ist es, diesen doch etwas unheimlichen Fall aufzuklären. Aber dazu brauche ich auch ihre Hilfe."

„Herr Dürwisch, wie geht es ihnen?"

„Herr Schöne, durch die ganzen Vorfälle, die mich nach meiner Geschäftsreise in Nordeuropa, regelrecht überfielen, bin ich naturgemäß nervlich am Ende.
Dazu kommt die Sorge um meine Frau, die ja bis heute noch nicht gefunden wurde.
Dann kam noch der gewaltsame Tod meines langjährigen, treuen Dieners und die Ungewissheit, dass dies noch nicht das Ende ist."

„Die Nachforschungen haben ja ergeben, dass sie für die gesamte Zeit, wo sie in Nordeuropa waren, ein lückenloses Alibi haben und damit als Täter nicht in Frage kommen. Auch wenn dies im ersten Augenblick für meinen Kollegen Herrn Schulz anders aussah. Aber dazu später. Wie ich in den Aussagen lesen kann, haben sie noch kurz vor dem Verschwinden mit ihrer Frau telefoniert. War ihre Frau irgendwie verunsichert oder nervös?"

„Als ich mit ihr sprach, war sie voller Vorfreude auf ihren Urlaub in Davos. Zuvor hatte sie aber noch einen Termin bei unserem Steuerberater. Danach wollte sie losfahren. Immer wieder stelle ich mir die Frage:

„Was ist da eigentlich passiert?"

„Genau das wollen wir auch herausfinden und da fällt mir die Aussage einer Person besonders ins Auge, nämlich ihrer Tochter. Sie hatte zwar nur beiläufig erwähnt, dass sich ihre Frau angeblich scheiden lassen wollte, da sie sie geschlagen haben sollen."

„Wie kommt meine Tochter zu dieser irren Annahme?"

„Angeblich hätte ihre Frau dies bei einem letzten Besuch bei ihrer Tochter im Oktober gesagt."

„Diese Aussage ist absolut unsinnig. Was erzählt denn da meine Tochter?"

„Das möchte ich auch gern wissen. Bitte erzählen sie mir etwas über ihre Familie."

Meine Frau, sie ist meine 2. Frau, meine erste Frau ist schon sehr früh verstorben. Wir beiden haben im Laufe der vielen Jahre, die wir gemeinsam zusammen waren, die Firma zu der heutigen Größe aufgebaut. Ich kümmere mich um die technische Seite und den Verkauf, während meine Frau sich um die inneren Angelegenheiten kümmerte.

Mein Sohn hatte keine Lust in das Unternehmen einzusteigen, er zog es vor mit seinem Lebensgefährten eine Ferienhausvermittlung aufzubauen, die nach meinen Erkenntnissen gar nicht so schlecht läuft.

Meine Tochter zeigte überhaupt keine Anstalten, etwas zu lernen. Sie vergnügte sich lieber und hing in Diskos ab.
Seit rund zwei Jahren lebt sie mit einem Maler zusammen. Nicht gerade der richtige Umgang für sie.

Beide haben für ihren Start ins Berufsleben von uns eine fünfstellige Summe, 50.000 Euro, erhalten, gedacht als Starthilfe.

Mein Sohn hat sie scheinbar gut genutzt, während meine Tochter sie wahrscheinlich mit dem Maler durchgebracht hat. Aber dies ist nur eine Vermutung von mir. Unsere Kinder haben sich weitgehend von uns abgenabelt und leben ihr eigenes Leben.
Wir hatten vorgehabt, uns zum Mai 2020 aus dem Unternehmen zurück zu ziehen und die Leitung an den Bruder meiner Frau zu übergeben, damit der Fortbestand des Unternehmen gesichert ist.

Immerhin habe ich ja noch die Verantwortung von über siebzig Mitarbeitern.

Im Mai war geplant, dass wir auf eine langersehnte Kreuzfahrt in die Karibik gehen wollten. Die Karten hatten wir schon dafür gekauft!"

„Bisher haben wir die Karten aber nirgends gefunden."

„Aber sie müssen da sein. Sie können nicht weg sein!"

„Ja, dies ist auch so ein Rätsel, was uns beschäftigt. Genauso wie die leeren Koffer im Auto ihrer Frau, welches in dem See bei Jever versenkt worden ist. Was wollte derjenige hier vortäuschen?"

„Ich kann mir auch keinen Reim darauf machen."

„Gab es Kontobewegungen, die Ihnen unbekannt vorkamen?"

„Nach der ersten Durchsicht nicht, aber zur Zeit prüft die Buchhaltung alle Buchungen seit Anfang des Jahres. Dies wird jedoch noch einige Zeit in Anspruch nehmen. Sollten wir Unstimmigkeiten bemerken, werden wir sie sofort darüber informieren.

„Eine letzte Frage noch Herr Dürwisch:

„Gab es in der letzten Zeit irgendwelche Anfeindungen von anderen, von Konkurrenten? Ist ihnen da etwas aufgefallen?"

„Nein, eigentlich leben wir relativ zurückgezogen. Wenn dem so wäre, hätten wir dies bemerkt."

„Herr Dürwisch, ich bedanke mich für die Zeit, die sie für mich hatten und ich werde alles tun, diesen Fall aufzuklären."

„Danke, Herr Schöne."

Eigentlich wollte Kommissar Schöne an diesem Tag noch den Sohn und die Tochter verhören, aber da die Sonne schien, zog er es vor sich am Hocksieler Hafen einen Kaffee und Kuchen zu gönnen und über das bisher Bekannte in diesem Fall nachzudenken.

Als er einen Blick in die Aufzeichnungen warf, fiel ihm ein Detail auf, welches man kannte, aber nicht überprüft hatte.

Er fuhr nach Wilhelmshaven.

Im Reisebüro

Er suchte das Reisebüro in Wilhelmshaven auf. Er hatte Glück und konnte mit dem Inhaber sprechen.
Dieser suchte die Unterlagen heraus und machte dem Kommissar eine Kopie davon.

Aus denen konnte man erkennen, dass das Ehepaar gemeinsam hier waren und die Reise gebucht hatte, mit einigen geplanten Sonderausflügen. Die Reise war für den Mai 2020 gebucht wurden. Man hatte eine hochwertige Kabine gebucht. Die Reise wurde schon komplett bezahlt. Die Karten hatte man dem Ehepaar in einem markanten Umschlag mitgegeben. Herr Schöne bekam einen solchen Umschlag als Muster.

„Was passiert, wenn jemand diese Karten einlösen will oder irgendwie verkauft? Bekommen sie dies mit?"

„Eigentlich nicht direkt. Wir bekommen erst eine Information wenn die Reise angetreten wird.

Denn wenn ein Fremder diese Karten vorzeigt, muss er eine Bescheinigung vorweisen, dass er der rechtmäßige Eigentümer dieser Karten ist, da die Karten personalisiert sind."
Also ist eine Veräußerung gar nicht so einfach."

„Warum fragen sie danach?"

„Nun, dass kann ich ihnen sagen. Frau Dürwisch wird seit dem Januar vermisst und wir müssen mit dem Schlimmsten rechnen."

„Oh mein Gott, dass ist ja schrecklich."

„Daher meine Bitte: Wenn jemand die Karten eintauschen will, dann sagen sie uns bitte sofort Bescheid."

„Ja, ich werde mir sofort eine Notiz machen, damit auch meine Mitarbeiter Bescheid wissen."

„Das ist gut. Ich gebe ihnen noch eine Karte von mir mit."

„Danke, für ihre Bemühungen."

Als der Kommissar wieder im Auto saß, dachte er einen Moment noch nach. Irgendeiner muss die Karten doch haben. Entweder wird er sie zu Geld machen wollen oder sie selbst nutzen. Dann müssen wir uns aber bis zum Mai noch gedulden.

Er fuhr erst einmal wieder zurück nach Esens und aß zu Abend.

Der nächste Tag

Noch beim Frühstück überlegte der Kommissar über einige Fragen nach, die noch nicht geklärt waren.
In diesem Fall gibt es irgendwie keine großartigen Hinweise.

Warum ist Frau Dürwisch spurlos verschwunden?

Warum wurde der alte Diener ermordet?

Hat er jemanden gesehen, den er kannte oder erkannt hatte?

Musste er deshalb sterben?

Weshalb fand man ihn unten in der Küche?

Warum gab es keinen Abwehrkampf?

Weshalb hatte derjenige oben alles so penibel gereinigt?

Was wollte er vertuschen?

Warum stieg man oben ein und nicht unten?

Warum wurde oben alles durchsucht?

Was wollte man finden?

Wo sind die Reiseunterlagen geblieben?

Haben wir bei der Spurensicherung etwas übersehen?

Leise vor sich hin redend, sagte er zu sich: „Ich werde mir heute noch einmal die Kinder vornehmen, vielleicht komme ich hier weiter."

Er machte sich noch einmal auf den Weg nach Hohenkirchen, wo er auch die Tochter hin bestellt hatte. Sie waren für 11 Uhr verabredet.
Er war etwas früher da und nutzte die Gelegenheit, noch einmal durch das ganze Haus zu gehen. Langsam ging er durch alle Räumlichkeiten. Besonders die Küche weckte sein Interesse. Hier schaute er sich noch einmal ganz genau um. Aber alles wirkte irgendwie klinisch rein und topp geordnet. Hier konnte kein Kampf stattgefunden haben.

Wenn doch, wie sollte der abgelaufen sein?

Wenn der Diener in der Küche stand, dann musste der Täter mindestens 180 cm groß gewesen, um ihm die Schlinge um den Hals zu legen. Aber mit Sicherheit hätte er sich gewehrt. Also muss der Mord in einem anderen Bereich des Hauses stattgefunden haben.

Aber dann stellt sich die Frage: Wo?

Er ging weiter durch die Räume. Im unteren Bereich fand er keine Hinweise. Alles sah hier sehr aufgeräumt auf. Dann fand er eine Türe, die nach unten in den Keller führte. Er machte sich das Licht an und ging vorsichtig die Treppe herunter. Hier gab es verschiedene Räume. In einem dieser Räume fand er, wo die technischen Anlagen untergebracht waren. In den anderen Räume waren die Waschküche, der Trockenraum, der Vorratsraum und ein Arbeitsraum, wo u.a. eine Werkbank stand, untergebracht. Im hinteren Bereich des Kellers befand sich ein Raum, der fast wie ein Weinkeller aussah. Hier lagerten zahlreiche exklusive Weine. Ein Traum für jeden Weinliebhaber.

Dann klingelte es. Er verließ den Keller und ging nach oben. Er öffnete die Türe und ließ die Tochter hinein.

Er führte sie in den Salon.

Während er ihr eine Sitzgelegenheit anbot, beobachtete er sie ganz genau.

„Liebe Frau Dürwisch, ich habe sie noch einmal hier eingeladen, um von ihnen erzählt zu bekommen, was genau sie veranlasst hat, ihre Mutter als vermisst zu melden.‟

Bei der Stellung der Frage, bemerkte der Kommissar, dass ihre Augen auffällig unruhig waren und sie sich regelrecht umschaute, als wenn sie etwas überprüfen wollte, ob es noch da ist.

„Nun, Herr Kommissar, dass war damals so:

„Anfangs des Jahres hatte ich versucht, meine Mutter mehrfach telefonisch zu erreichen, aber ich konnte sie einfach nicht erreichen. Ich war dann hier ein paar mal da, aber auch hier vor Ort konnte ich sie nicht antreffen.

Ich machte mir Sorgen. Mein Vater war ja schon unterwegs. Ich glaube, er war mal wieder im Norden unterwegs."

„Wie war das Verhältnis ihres Vaters zu ihrer Mutter.?

„Ja, wie war das?"

„Also im Oktober des letztens Jahres habe ich von meiner Mutter erfahren, dass sie sich von Vater trennen wollte, da er sie geschlagen hätte.
Sie erwähnte noch irgendwie beiläufig, dass sie aber zuvor noch einige Sachen klären müsste. Von dieser Aussage war ich etwas überrascht.
Aber ich habe dem damals keine große Bedeutung beigemessen. Heute stellt sich diese Aussage aber in einem ganz anderen Bild dar."

„Wussten sie, dass ihre Eltern eine Kreuzfahrt für das nächste Jahr geplant hatten?"

„Nein, davon wusste ich nichts!"

„Ihre Eltern hatten vorgehabt, im Frühjahr des Jahres 2020 die Führung des Unternehmens an Herrn Müllerjahns abzugeben und wollten dann auf die Kreuzfahrt, mit dem Ziel Karibik, zu gehen."

„Nein, davon war mir nichts bekannt und ich muss ihnen auch sagen, dass ich mich dafür überhaupt nicht interessiere, was mit der Firma geschieht. Ich habe ja nichts davon.

Ich lebe mein Leben mit meinem Lebensgefährten zusammen, arbeite im sozialen Bereich und genieße mein Leben. Mein Bruder, der ja auch nicht im Betrieb meiner Eltern arbeiten wollte und sich mit seinem Lebenspartner selbstständig gemacht hat, führt ja auch ein recht gutes und ruhiges Leben."

„Wie ist denn ihr Verhältnis zu ihrem Bruder?"

„Mein Bruder und ich sind doch recht verschieden. Mein Bruder ist eher der gewissenhaftere Typ. Ich sehe die Dinge halt lockerer, als er.

Deshalb haben wir nicht viele Berührungspunkte. Somit sehen wir uns recht selten. Mal am Wochenende, wenn wir bei unseren Eltern zum Kaffee waren. Aber dies wurde in den letzten Jahren immer weniger, da jeder von uns seinen eigenen Weg geht. Und wo er jetzt den eigenen Betrieb hat, ist seine Zeit noch weniger geworden und auch sein Partner fordert ja auch sein Recht ein. So ist es auch bei mir."

„Was macht denn ihr Partner beruflich?"

„Er ist Maler und Künstler."

„Was macht der denn im Bereich der Kunst?"

„Er malt großformatige Bilder, insbesondere Menschen, Figuren, aber auch Landschaften. Immerhin konnte er schon einige Bilder erfolgreich verkaufen."

„Stellt er diese auch irgendwo aus?"

„Ja, wir haben da eine kleine Halle in Schillig, die gleichzeitig unser Atelier und auch Wohnstätte ist, dort kann man seine Werke auch sehen und kaufen."

„Welchen Preis erzielt er denn mit seinen Bildern?"

„Das kommt ganz darauf an, wer sich für diese Bilder interessiert. Da gibt es Leute die ganz gerne ein Bild von ihm haben wollen und bereit sind, dafür eine vierstellige Summe hinzulegen. Aber manches Bild geht auch für einen Hunderter über den Ladentisch. Dann kann man sich mal gerade die Farben leisten. Aber mittlerweile wird dies schon besser und wir hoffen, dass er bald davon leben kann. Noch muss er reine Malerarbeiten annehmen, damit wir über die Runden kommen."

„Na, dass hört sich ja alles sehr vernünftig an."

„Haben sie eine Ahnung wo ihre Mutter sein könnte?"

„Hat sie Freunde, wo sie untertauchen könnte.? Oder gibt es irgendwo eine andere Bleibe, wo sie sein könnte?"

„Ich habe auch schon alles abgeklappert. Bei Freunden ist sie nicht. In Davos ist sie nie angekommen.

Aber auch ihr Telefon scheint nicht mehr zu funktionieren. Ich mache mir unendliche Sorgen über meine Mutter."

„Wissen sie was uns so stutzig macht?"

„Nein?"

„Wir haben ja den Wagen von ihrer Mutter durch Zufall in einem See bei Jever, an der Bundes-Straße 210 gefunden. Im Kofferraum haben wir drei unterschiedliche Koffer gefunden, die aber allesamt leer waren. Ihr Vater hat uns im Haus, alle bekannten Sachen ihrer Mutter angezeigt."

„Dies ist doch recht ungewöhnlich?"

„Oder?"

„Da gebe ich ihnen recht. Das ist sehr ungewöhnlich. Aber wenn man das Auto gefunden hat, wo ist dann meine Mutter?

„Ist sie ertrunken?"

„Nein, wir konnten im See und in der weiteren Umgebung keine Leiche ihrer Mutter auffinden.

Eigentlich gibt es keine Hinweise zu ihrer Mutter. Aber wir werden die Suche nicht aufgeben. Das kann ich ihnen versichern."

„Das wäre gut. Ich möchte unbedingt wissen, was mit meiner Mutter geschehen ist. Haben sie noch Fragen an mich? Ich muss mich jetzt beeilen, um zum Dienst zu kommen. Denn heute habe ich Spätdienst."

„Wo arbeiten sie denn?"

„Ich arbeite in einer sozialen Einrichtung in Oldenburg in der ganz tätigen Betreuung von Senioren."

„Nein, im Augenblick habe ich keine weiteren Fragen mehr. Ich danke ihnen für ihr Kommen und werde sie auf dem Laufenden halten, wenn wir etwas von ihrer Mutter finden sollten."

„Okay, dann warte ich auf ihre Nachrichten. Tschüsss!"

Nach diesem Gespräch ging der Kommissar wieder in den Keller zurück und schaute sich noch einmal in aller Ruhe um.

Jeden Quadratmeter ging er penibel ab. In dem Raum, wo die Werkbank stand fand er in einer kaum zugänglichen Ecke, Reste eines weißes Pulvers. Es fühlte sich wie Gips an, aber es hatte noch eine andere Zusammensetzung. Er kratzte die Reste zusammen und packte sie vorsichtig in ein kleines Tütchen. Ansonsten war dieser Raum klinisch rein. Eigentlich ungewöhnlich für einen Werkraum. Auf allen Böden im Keller fand man fast keinen einzigen Fusel, was schon recht außergewöhnlich war. Er ging weiter. Schaute in jede Ecke hinein, in jede Nische, konnte aber nichts Entscheidendes entdecken.

Dann ging er in den Weinkeller hinein. Vielleicht gab es hier Spuren? Auch hier schaute er sich um. In einer Ecke fand er eine kleine Pillen-Dose, die er aufnahm und sie ebenfalls in eine kleine Tüte packte.

Jetzt wurde sein Spürsinn angeregt.

Hier müsste es weitere Spuren zu finden geben.

Er suchte weiter.

In einem Regal fand er Spuren einer Hand auf einer Flasche, die sich krampfhaft versuchte, sich irgendwo festzuhalten. Etwas tiefer im Regal fand er einen zweiten Abdruck. Er machte sofort ein paar Bilder davon und rief die KTU.

Bis die KTU kam ging er weiter durch den Weinkeller. Aber auch so sehr er nach weiteren Spuren suchte, fand er keine weiteren Hinweise. Eine halbe Stunde später war die KTU da und sicherte die Spuren, hier im Weinkeller und in dem Werkraum.

Nachdem die KTU mit ihrer Arbeit fertig war, verließ Kommissar Schöne das Haus und fuhr noch einmal nach Hooksiel und suchte den Sohn auf.

In seinem Büro fand er aber nur den Lebenspartner von Herrn Dürwisch Junior an.

„Sie sind Herr Muskas?"

„Ja, das bin ich und wer sind sie?"

„Mein Name ist Kommissar Schöne und ich ermittle in dem Vermissten-Fall Dürwisch und dem Mord an dem Diener des Hauses Dürwisch."

„Ja, ich habe davon schon gehört. Schrecklich!"

„Womit kann ich ihnen helfen?"

„Nun, wie war das Verhältnis zwischen den Eltern und ihrem Sohn?"

„Mmmh, soweit wie ich das beurteilen kann, war das Verhältnis zwischen meinem Lebenspartner und seinen Eltern nicht schlecht. Obwohl es etwas abkühlte, als er seinen Eltern mich als seinen Lebenspartner vorstellte. Klaus wollte nie in dem Betrieb von seinem Vater arbeiten, da das Regiment dort recht straff war. Er wollte lieber frei arbeiten und leben, und dies hat er mit seinem Betrieb geschafft. Er ist unabhängig."

„Wie oft hatte er mit seinen Eltern Kontakt?"

„Das war nicht sehr oft, vielleicht so drei- bis vier Mal im Jahr. Mehr nicht!"

„Wie ist das Verhältnis zu seiner Schwester Susanne?"

„Ja, dass ist recht angespannt, da sie sich nie an Absprachen hält und daher hatte sich Klaus von ihr ferngehalten."

„Was für Absprachen waren das?"

„Nun, sie hatte sich bei ihm Geld geliehen und man hatte eine Ratenzahlung vereinbart, aber trotz mehrfacher Aufforderung kam sie ihren Verpflichtungen nicht nach. Stattdessen schickte sie ihren Freund vor, der versuchte Klaus einzuschüchtern, was ihm aber nicht gelang, sondern für ihn, mit einer blutigen Nase endete. Das Geld, soweit ich es weiß, hat er bis heute nicht erhalten. Oh, ich höre gerade einen Wagen, dass dürfte er sein."

„Gut, dann warte ich noch auf ihn."

„Tag, Herr Dürwisch, ich bin Kommissar Klaus Schöne und ermittle in dem Fall ihrer Eltern. Ich habe da noch ein paar Fragen."

„Kommen sie, wir gehen in mein Büro."

„Wie kann ich ihnen helfen?"

„Haben sie neue Nachrichten von meiner Mutter?"

„Nein, bisher sind wir noch keinen Schritt weiter gekommen, deshalb wollte ich nochmals mit ihnen reden."
Wann haben sie ihre Mutter zum letzten Mal gesehen?"

„Ich habe dies ihrem Kollegen Schulz schon erzählt, dass ich sie zuletzt im Oktober gesehen habe, da wir über Weihnachten immer sehr viel zu tun haben. Über die Festtage und dem Jahreswechsel herrscht hier immer ein starker Wechsel und da gibt es immer wieder Stress." Bei meinem Besuch ist mir damals weder etwas aufgefallen, noch das meine Mutter nervös oder unruhig war. Ganz im Gegenteil, sie erzählte mir von ihrer, also mit meinem Vater zusammen, Kreuzfahrt, die sie für Mai 2020 geplant hatten. Die Karten hatten sie schon oder diese wollten sie sich dann in den nächsten Tagen besorgen. Das Reiseziel war auch schon bekannt, es sollte in die Karibik gehen. Darauf freute sie sich schon sehr.

Dies war auch das Letzte, was ich von meiner Mutter gehört habe. Umso erstaunter war ich, als man mir mitteilte, dass meine Mutter vermisst wird. Und das man den alten, treuen Diener tot aufgefunden habe."

„Eine andere Frage: Ich sehe im Haus überall griechische Statuen? Hat dies eine besondere Bewandtnis?"

„Ja, mein Vater wollte immer in jungen Jahren in Griechenland studieren und an Ausgrabungen teilzunehmen.
Aber er musste schon früh im elterlichen Betrieb arbeiten, so das er diesen Wunsch begraben musste. So holte er sich halt später, wo er seine eigene Firma hatte, seine griechische Götterwelt ins Haus und Garten. Mit der Zeit kamen immer neue Figuren hinzu, zum überwiegenden Teil kamen sie direkt aus Griechenland. Ich glaube, er hat sogar eine Liste darüber angefertigt. Aber sicher bin ich mir dabei nicht."

„Kennen sie Herrn Müllerjahns?"

„Ja, dass ist der Bruder meiner Mutter und er ist schon seit zig Jahren im Betrieb tätig.

Er ist die rechte Hand von meinem Vater und führt die Geschäfte in Vertretung, wenn er auf Geschäftsreisen ist. Er kennt den Betrieb in - und auswendig und genießt das Vertrauen meiner Eltern und soll, soweit ich es weiß, den Betrieb 2020 übernehmen und ihn in dem Sinne meiner Eltern weiterführen. Ansonsten führt er ein ruhiges Leben.

„Mehr kann ich ihnen auch nicht sagen."

„Herr Dürwisch, das war es für heute. Sie haben mir schon etwas weitergeholfen, Licht in das Dunkel dieses Falles zu bringen. Danke!"

„Herr Kommissar, wenn sie etwas über den Verbleib meiner Mutter erfahren, geben sie mir und meinen Vater, der ja zur Zeit in einem meiner Ferienhäuser wohnt, bitte Bescheid. Wir machen uns alle große Sorgen, um meine Mutter und seiner Frau."

„Selbstverständlich, sobald ich etwas weiß gebe ich ihnen Bescheid."

„Danke, Herr Kommissar."

Es war schon etwas spät geworden und der Kommissar ging zum Hooksieler Hafen und kehrte in ein Restaurant ein und aß dort zu Abend.

Dabei gab er alle Informationen in sein Tablet ein und ging alle bisher verfügbaren Daten durch. Noch fehlten ihm aber die letzten Ergebnisse der KTU. Er rief in Oldenburg an und bekam dort den Bescheid, dass er morgen früh alle Ergebnisse auf seinem Tablet hätte.

Man wäre noch dabei, die Ergebnisse von dem letzten Besuch auszuwerten.
Somit konnte er nur abwarten und sich dem Abendessen widmen.

Es gab Scholle.

Am nächsten Morgen

Kommissar Schöne saß noch bei seinem Frühstück als ein Mitarbeiter der KTU bei ihm anrief.

Von dort bekam er folgende Informationen:

„Herr Schöne, vorneweg die Information, dass Herr Müllerjahns zur der fraglichen Zeit vor dem Verschwinden von Frau Dürwisch, tatsächlich mit seiner Frau telefoniert hat, die ja bei ihrer Mutter war. Damit würde er auch als Täter ausscheiden.

Dann zu den Funden im Keller des Hauses:

Das weiße Pulver ist Calciumsulfat-Dihydrat, besser bekannt unter dem Namen „Gips".
Zu den Abdrücken auf den Flaschen unten im Keller konnten wir einen Fingerabdruck von dem Diener des Hauses ausmachen. Damit könnte dies auch der Tatort gewesen sein.

Bei dem Wagen und auch bei den Koffer gibt es keinerlei Spuren, die wir irgendjemanden zuordnen können.
Auch so: Die Pillen-Dose gehört eindeutig dem Diener. Hier konnten wir zahlreiche Fingerabdrücke von ihm sicherstellen.

Dies wäre erst einmal alles zu den vorläufigen Ergebnissen von uns."

„Okay, danke für ihre Bemühungen."

Keine zehn Minuten später klingelte das Telefon erneut. Die Buchhaltung der Firma Dürwisch war dran, ein Herr Berger.
Er teilte dem Kommissar mit, dass sie etwas sehr merkwürdiges in ihren Unterlagen festgestellt haben und es wäre schön wenn er sich dies einmal selbst vor Ort anschauen würde.
Sie machten einen Termin für 11.30 h aus.

Die neuen Erkenntnisse hinterlegte der Kommissar in seinem Tablet.

Dann machte er sich auf dem Weg zum Betrieb der Dürwisch. Herr Berger erwartete ihn schon. Auch Herr Dürwisch war anwesend.

Gespannt wartete der Kommissar auf die Neuigkeiten die Herr Berger herausgefunden hatte.

„Herr Kommissar, aufgrund der Vorfälle und auch auf Anraten von Kommissar Schulz haben wir noch einmal alle Geschäftsvorgänge der letzten beiden Jahren akribisch überprüft. Dabei sind wir auf folgendes gestoßen:

Im Dezember des letzten Jahres bekamen wir eine kleine Rechnung von 4500,00 € über Maschinenteile, von einer Firma aus Aurich. Im Januar bekamen wir fünf weitere Rechnungen von dieser Firma aus Aurich. Die Summen bewegen sich zwischen 5000 und 8000,00 €, zum Teil über Spezialteile. Dies ist eigentlich nichts ungewöhnliches, da wir ja eine Menge von Materialien zukaufen müssen, um unsere Anlagen zu komplettieren.
Eine Nachfrage in der Montageabteilung ergab, dass man diese Firma überhaupt nicht kannte und diese Teile, die sie in Rechnung stellte, überhaupt nicht von denen benötigt werden.

Eine Nachprüfung unserseits ergab, dass es diese Firma überhaupt nicht gibt.

Die Überweisungen, immerhin rund 32.000,00 €, gingen auf ein Konto der Sparkasse Aurich. Auf Nachfrage teilte man uns mit, dass dieses Konto im Februar 2019 wieder aufgelöst worden war. Das Konto war auf einem Namen Wolf angelegt worden.

Vermutlich ist dies niemanden aufgefallen, weil es sich a) nur um eine kleine Summe handelte und man annahm, dass der Betrieb dies brauchte. Und b) nachdem man die erste Rechnung bezahlte, liefen die anderen vermutlich so durch.

„Das ist ja interessant."

Aber wer ist nun Wolf?"

„Das kann ich ihnen auch nicht sagen. Also ein Mitarbeiter von uns heißt nicht so und auch die Mitarbeiter im Hause Dürwisch tragen einen solchen Namen nicht."

„Den werden wir schon rausbekommen."

„Aber erst einmal danke meine Herren, dass sie mich informiert haben.

Damit haben wir ein weiteres Mosaiksteinchen in dem Bild, aber es gibt noch zu große Lücken, wo uns Hinweise und vor allem Beweise fehlen.

In Aurich

Am nächsten Tag fuhr Kommissar Schöne nach Aurich.

Aurich, eine Stadt im Nordwesten von Niedersachsen. Besser bekannt als Kreisstadt von Ostfriesland. Sie ist die zweitgrößte Stadt nach Emden mit rund 42.000 Einwohner.
Der größte Arbeitgeber ist seit den 90iger Jahren der Windkraftanlagen-Bauer Enercon.
Von 19 ha sind 14 ha landwirtschaftlich genutzte Flächen.

Bekannt ist hier die Landesbühne Niedersachsen Nord mit Sitz in Aurich. Auf deren Bühne ist oft auch das Ohnsorg-Theater zu Gast.
Daneben gibt es das Niederdeutsche Theater Aurich, welches 1923 vom Auricher Heimatverein als „Spöldeel" gegründet wurde.

Eine Besonderheit ist das Historische Museum, welches seit 1985 Exponate aus Geschichte, Kunst und Kultur zeigt.

Ebenso das Mühlenteich-Museum Stiftsmühle, einem Galerie-Holländer.

Ein altes Wahrzeichen von Aurich ist das Pingelhaus, welches ursprünglich ein Hafenwärter und das Gebäude einer Spedition war.

Ein weiteres Gebäude, was als besonderes Wahrzeichen gilt, ist die Lambertikirche. Das heutige Aussehen besteht seit 1835.

Daneben her gibt es zahlreiche alte Häuser, wie das älteste Haus, Haus Hanstein.
Weitere alte Häuser sind das Evertsssche Haus, das Alte Bürgerhaus, sowie das Knodtische Haus.

Auf dem Marktplatz steht seit 1990 eine 25 m hohe Großplastik, an der sich die Geister scheiden.
Der Künstler Albert Sous schuf sie mit Baumaterialien aus dem Forschungszentrum Jülich, Plexiglas und einem Stahlrohrgerüst.

Zahlreiche Spottnamen gib es heute für das Kunstobjekt, wie zum Beispiel:

Auricher Tauchsieder, futuristischer Schrotthafen oder gar Weltraumpenis.

Die Stadt Aurich liegt an der Querverbindung der Bundesstraße, die von Emden nach Wilhelmshaven führt.

Über die B 72 erreicht man die Stadt Aurich von Süden her, von der Autobahn 28 Emden – Oldenburg. Die B 72 führt weiter nach Norden/Norddeich zur Nordsee und von dort aus gehen die Fähren nach Juist und Norderney.

Kommissar Schöne suchte hier die dortige Sparkasse auf.

Er hatte Glück und konnte mit dem Sparkassenleiter sprechen.

„Ich bearbeite gerade einen Vermissten - Fall und einem Mord. Dabei kommt auch ihre Kasse in den Fokus der Ermittlungen."

Der Leiter schaute etwas verdutzt

Kommissar Schöne fuhr fort:

In Zuge der Ermittlungen taucht ein Kunde von Ihnen auf, der hier bei ihnen ein Konto unter dem Namen Wolf hatte und vermutlich in betrügerischer Art eine Firma um eine größere Summe betrogen hatte. Die Kontonummer kann ich ihnen geben."

„Ich schaue mal nach."

„Ja, dieses Konto gab es mal, allerdings nur kurz, von Ende Dezember 2018 bis Mitte Februar 2019. In dieser Zeit gingen, einen Moment mal, rund 32.000 € ein. Danach wurde das Konto gelöscht.

„Von wem wurde das Konto eröffnet?"

„Dies war ein Herr Anton Wolf, laut der Kopie auf dem Pass, wohnte er in Wilhelmshaven, auf der Ostpreussenstr. in Sengwarden."

„Würden sie mir von dem Pass eine Kopie machen?"

„Kein Problem."

„Ja, danke, dass war es schon. Danke für ihre Hilfe."

„Gern geschehen."

Nach dem Besuch in der Sparkasse machte der Kommissar noch einen kleinen Bummel durch Aurich und trank in einem Cafè, seinen geliebten Kaffee. Dabei informierte er Kommissar Schulz, über das, was er bisher in Erfahrung bringen konnte. Gleichzeitig bat er Schulz die Adresse in Wilhelmshaven zu überprüfen.

Gleichzeitig sollte er noch einmal in Davos nachfragen, ob es dort vielleicht ein Lebenszeichen von Frau Dürwisch gibt.
Er wollte jetzt weiterfahren nach Schillig, zu der Werkstatt von dem Lebenspartner der Tochter und mal sehen, was dieser so alles treibt. Vorher wollte er sich noch einmal das Haus und den Garten anschauen.

In aller Ruhe trank er seinen Kaffee aus und machte sich dann zuerst auf den Weg nach Hohenkirchen, da ihm noch etwas eingefallen war, was er überprüfen wollte.

Nach Schillig

Bei seinem Kaffee in Aurich fiel ihm etwas ein, was er noch nachprüfen wollte. Also fuhr er nochmals ins Haus der Dürwisch und ging in den Salon hinein.

Denn bei dem Gespräch mit der Tochter fiel ihm auf, dass sie immer in einer Richtung schaute, nämlich auf ein bestimmtes Bild. Dieses wollte er sich mal näher anschauen.

Er nahm das Bild von der Wand und untersuchte es genau. Obwohl er das Bild aus dem Rahmen nahm, etwas finden konnte er nicht. Auch die Umgebung suchte er ab. Aber auch hier keine auffälligen Spuren.

Er verließ das Haus wieder und fuhr jetzt nach Schillig, zu der Werkstatt des Malers.

Schillig ist ein Badeort in der Gemeinde Wangerland und ein Teil des Ortsteils Horumersiel-Schillig und liegt an der äußersten Nordost-Spitze der ostfriesischen Halbinsel.

Langsam fuhr der Kommissar durch den Ort.

In einer kleinen Seitenstraße entdeckte er ein kleines Hinweisschildchen auf die Malerwerkstatt. Der Kommissar bog ab und hielt vor der Halle. Durch das Oberlicht konnte man Licht sehen, also musste jemand anwesend sein.

Bevor er in den Laden hinein ging, überlegte er sich kurz, wie er vorgehen wollte.

Er entschloss sich, als Interessent aufzutreten, um die Lage zu peilen.

Also ging er hinein und schaute sich um. Vor einem Bild blieb er stehen und betrachtete es aus mehreren Blickwinkeln. Dann kam auch schon der Maler aus einer Ecke auf ihn zu. Schöne fragte ihn, ob er der Künstler sei von diesem Bild.

„Ja, gab er zurück, er sei der Künstler, der dieses Bild gemalt hätte."

„Wie ist denn ihr Name?"

„Paul Mackensen"

„Den Namen habe ich bisher in der Kunstwelt noch nicht gehört."

„Nein, ich male noch nicht sehr lange, aber ich habe schon einige Bilder verkaufen können."

„Sie malen nicht schlecht."

„Wissen sie, seit meiner ersten Teilnahme an einer Ausstellung Ende Januar/Anfang Februar diesen Jahres in Worpswede konnte ich schon ein paar Bilder verkaufen."

„Das ist ja toll, sie malen wirklich nicht schlecht."

„Ja, aber ich muss noch viel lernen und so bin ich noch gezwungen, meinen Lebensunterhalt durch Anstrich-Arbeiten zu verdienen. Ich bin froh, wenn ich hier und da mal ein Bild verkaufen kann und dann wieder Geld habe für den Kauf der Farben und der Leinwände."

„Sie interessieren sich für dieses Bild?"

„Nun, es fiel mir beim Hereinkommen ins Auge."
„Schauen sie sich ruhig um, ich habe noch viele andere Motive hier stehen, zum Teil auch auf Holz gemalt."

Kommissar Schöne nahm das Angebot dankend an, während der Künstler weiter an einer Malerarbeit schaffte. Kommissar Schöne schaute ihm über die Schulter.

Er drehte sich um, und sagte:

„Dies ist eine Auftragsarbeit und ich restauriere hier ein altes Holzbild und gebe ihm einen neuen Farbanstrich."

„Das sieht gut aus, aber ich will sie nicht weiter stören und sehe mich weiter um."

So sehr er sich auch in der Werkstatt umschaute, so wenig fand er andere Werkstoffe, außer Farben und Leinwände und zahlreiche halbfertige Bilder.

In einer Ecke fand er ein kleines Bild, was ihm gut gefiel und einen Segler in voller Fahrt auf dem Meer zeigte. Er nahm das Bild von der Staffelei und ging damit zu dem Künstler.

„Dieses Bild gefällt mir, was verlangen sie dafür?"

„Er nahm es in der Hand und schaute sich das Bild kurz an und sagte:

„Für 50 Euro können sie es mitnehmen."

„Das ist ein guter Preis. Ich nehme es mit."

„Dann packe ich es ihnen etwas mit Papier ein."

„Danke!"

Mit dem Bild unter dem Arm verließ er die Halle und ging zu seinem Auto.

Er fuhr aus der kleinen Seitenstraße heraus und weiter nach Harlesiel.
In Harlesiel angekommen fuhr er zum Fährhafen, um sich dort noch einen Kaffee zu genehmigen.

Dabei fiel ihm ein Fährplan zur Insel Wangerooge in die Hände.

„Wie wäre es, morgen mal einen Abstecher nach Wangerooge zu machen? Das Wetter würde ja auch mitspielen."

„Also warum nicht?"

Auf Wangerooge

Am nächsten Morgen, die Sonne schien schon vom Himmel, machte sich unser Kommissar auf den Weg nach Wangerooge.

Auf der Überfahrt las er in einem Prospekt einige Informationen über die Insel.

Die Insel liegt im niedersächsischen Wattenmeer und gehört zum gleichnamigen Nationalpark. Sie ist die östlichste der sieben bewohnten Ostfriesischen Inseln und mit nur knapp 8 Quadratkilometer Fläche die zweitkleinste Insel dieser Gruppe.

Auf dieser Insel leben rund 1300 Bewohner.

Die Insel ist Autofrei und lebt überwiegend vom Tourismus. Sie hat eine Gesamtlänge von rund 8,5 km Länge, ist knapp 2,2 km breit. An ihrer schmalsten Stelle jedoch nur 1,2 km.

Eine Auffälligkeit ist die sogenannte West-Ost-Drift, die eine Verlagerung der Insel nach Osten, bedingt durch den Einfluss von Wind und Meeresströmungen. Durch diese wird Wangerooge immer wieder sehr stark verändert, was vor allem historische Karten aufzeigen.

Auf der Insel rasten zu bestimmten Zeiten riesige Zugvögel-Scharen. Das Watt dient hier als reichhaltige Nahrungsquelle.

Durch gezielte Aufforstungen entstanden kleine Wald- und Buschgebiete.

Zahlreiche ehemalige Bombentrichter, die durch die Luftangriffe von 1945 entstanden sind, sind mittlerweile durch Wasser aufgefüllt worden und haben sich zu wertvollen Kleinbiotopen entwickelt.

Erstmals wurde die Insel um 1306 erwähnt. 1327 wird das Bestehen einer „Burg" (Steinhauses) auf der Insel vermutet.

In einem Seebuch von 1470 weist eine Landmarke auf ein Steinhaus hin.

Zahlreiche Sturmfluten haben die Insel immer wieder verändert. Bei der Allerheiligenflut 1570 bestand das Inseldorf aus 50 Häusern. Um 1650 gab es bereits 60 Häusern mit 360 Bewohnern. Bei der Weihnachtsflut 1717 ging durch die Zerstörungen der Flut die Zahl der Bewohner drastisch zurück und für 1775 wurden nur noch 150 Einwohner in 28 Häusern vermerkt.

Heute hat sich die Lage weitgehend stabilisiert. Dies wurde aber nur durch umfangreiche und aufwendige Inselschutzmaßnahmen erreicht, die bereits Mitte des 19. Jahrhunderts begonnen wurden. Wenn dies nicht geschehen wäre, würde die Insel heute vermutlich in der Strömung der Jade liegen.

Schon auf der Fähre merkte unser Kommissar wie er ruhiger und entspannter wurde. Dies tat auch seinen grauen Zellen ganz gut.

Auf dem Festland hatte er noch schnell einen Brief fertiggemacht für die KTU in Oldenburg, mit dem Einpackpapier des Bildes, welches er von dem Künstler in Schillig gekauft hatte.

Es machte sich ganz gut in seiner Wohnung in Esens.

Nach einer gemütlichen Fahrt kam man im Hafen von Wangerooge an. Von dort nahm er die Bahn, die zum Zentrum auf dem Eiland führte. Ein Teil der Strecke führte durch ein Gebiet, welches zum Teil unter Wasser lag.

Im Bahnhof angekommen, ging er die Zeppelinstraße hoch zum „Pudding" und dann auf die Strandpromenade.

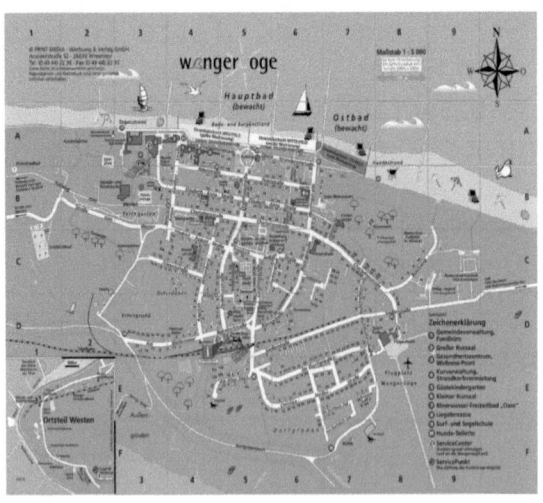

Der „Pudding" ist ein ehemaliger Bunker, in dem heute ein Cafè mit Terrasse und Meeresblick ist und eigene Backwaren anbietet.

Kommissar Schöne suchte sich ein ruhiges Plätzchen in einem Cafè aus und genoss den Ausblick auf`s Meer.
Obwohl er versuchte abzuschalten, gelang es ihm dies nicht ganz. Immer wieder musste er an dem unheimlichen Fall Dürwisch denken.

Eigentlich wollte er einfach mal nur abschalten, aber dies war nicht so einfach.

Zuerst genoss er seine Tasse Kaffee und sein leckeres Stück Torte. Dabei ließ er seine Augen über das Meer schweifen, als wenn er hier nach einer Lösung des Falles suchen würde. Auch die Sonne kam hervor und erwärmte langsam die Luft. Ein lauer Wind wehte von der Seeseite her.

Bei seinem Blick über die Weite des Meeres fielen ihm die vielen offenen Fragen zu diesem Fall ein.

Wo ist Frau Dürwisch?

Wer hat den Diener erdrosselt?

Wer hat die Abbuchungen bzw. Zahlungen in Verbindung mit einer Scheinfirma vorgenommen?

Warum sind die Täter oben in das Haus eingebrochen?

War der Keller der Tatort, wo der Diener getötet worden ist?

Warum hat der Täter oder die Täter keine Spuren hinterlassen?

Wo sind die Tickets für die Kreuzfahrt geblieben?

Alles ungeklärte Fragen!

Alle haben irgendwie ein Alibi.

Herr Dürwisch war nachweislich in Nordeuropa dienstlich unterwegs.

Der Sohn und sein Lebenspartner haben ebenfalls ein Alibi, ebenso die Tochter, die ja den ganzen Stein ins Rollen brachte.
Auch der Bruder, Her Müllerjahns, hat ebenfalls ein Alibi, wie auch die vier Mitarbeiter im Hause der Dürwischs.

Ja, selbst der Maler hat ein wetterfestes Alibi.

„Allerdings sollte ich dies noch mal überprüfen lassen." Er rief in Oldenburg an und veranlasste die Überprüfung der Aussage.

Der Diener konnte es nicht gewesen sei, da er ja selbst Opfer wurde.

Also, was oder wer steckt dahinter?

Wir haben einen Toten und eine vermisste Frau. Aber keinen einzigen Hinweis auf den Aufenthaltsort der Frau.
Nur ihren Wagen haben wir in der Nähe in einem See aufgefunden mit drei leeren Koffern.

Da stellt sich die Frage:

„Wer hat ein Interesse daran, den Diener zu töten?"

„Was haben die drei leeren Koffer im Wagen der vermissten Frau zu suchen?"

„Warum waren sie leer?"

„Wurde der Inhalt umgepackt, um bewusst eine falsche Spur zu legen?"

„Hat Frau Dürwisch wirklich die Absicht gehabt, ihren Mann zu verlassen, wie die Tochter uns erzählte?"

„Warum wurde das Fahrzeug in der Nähe vom Wohnort in diesem See versenkt?

„Gesetzt der Fall, Frau Dürwisch wollte ihren Mann wirklich verlassen und will, dass wir alle denken, sie wurde Opfer einer Entführung oder gar einer Straftat

Bei einer Entführung, wäre ja schon längst eine Forderung eingegangen. Aber diese ist bis heute, also neun Monate nach der Vermissten-Meldung, noch nicht eingegangen. Daher kann man eine Entführung ausschließen.

Eine Straftat? Dann müsste man in dieser Zeit doch irgendeinen Hinweis erhalten haben. Aber wir haben nichts!

Nur die Sache mit den Abbuchungen über eine Scheinfirma, macht mich etwas stutzig.

„Wer brauchte dieses Geld?"

Dies ist zwar keine große Summe, aber wenn man aussteigen will, ist dies doch etwas mickrig?

„Wer bediente sich daran?"

Oder kann es möglich sein, dass Frau Dürwisch einen neuen Lebensgefährten hat, der vielleicht ein Großkunde der Dürwischs ist und man dieses Ablenkungsmanöver machte, um die eigentliche Abzocke zu vertuschen?

Dies mag zwar weit hergeholt sein, liegt aber im Rahmen des Möglichen.

Je mehr unser Kommissar über diesen Fall nachdachte, umso verrückter wurden die Annahmen. Was aber komplett fehlte, waren die Beweise.
Oder waren die Beweggründe, die zu dieser Tat führten, so simpel, dass man durch gezielte Informationen die Sache immer undurchschaubarer machte und uns ein Rätsel nach dem anderen bescherte?

Was haben wir an Spuren?

Nun, viel haben wir nicht!

Da ist zum einem das Auto!

Durch die Lagerung im Wasser sind aber alle Spuren vernichtet worden.

Das gleiche gilt für die Koffer.

Dann ist da, dem Gips ähnlichen Pulver, was man in dem Raum gefunden hat, wo die Werkbank stand.

Die beiden Abdrücke, die man auf den Weinflaschen im Regal des Weinkellers gefunden hatte. Sie konnten dem Diener zugeordnet werden.

Ferner die Einbruchspuren an der Balkontüre im ersten Geschoss.

Dies war es dann auch schon. Alles andere war sehr penibel gesäubert worden, als wollte man hier ganz bewusst Spuren vernichten.
Oh, eine Sache habe ich noch vergessen, dass war das Seil, was man im Auto gefunden hatte. Es könnte die Mordwaffe sein, womit der Diener erdrosselt worden ist. Jedoch sind auch hier keine Spuren mehr festzustellen.

Noch einmal rief Schöne in Oldenburg an und beauftragte einen Mitarbeiter sich noch einmal alle Geschäftsunterlagen, der Firma Dürwisch, aus dem letzten Jahr zeigen zu lassen, um diese auf besondere Transaktionen zu überprüfen.

Besonders sollte man die Geschäftsbeziehungen mit den Nordeuropäischen Ländern dabei unter die Lupe nehmen.

Danach sprach Schöne mit Schulz und gab die bisherigen Ergebnisse und Erkenntnisse weiter, damit Schulz auf dem Laufenden blieb.

Mittlerweile war der Kaffee und der Kuchenteller leer und Schöne bestellte sich das gleiche noch einmal.

Wieder schweifte sein Blick über das Meer.

Immer wieder stellte er sich die eine Frage:

„Habe ich etwas übersehen, was wichtig ist, um diesen Fall zu klären? Habe ich alle Fakten entsprechend gewürdigt? Oder habe ich etwas außer acht gelassen, was auf dem ersten Blick belanglos erscheint, aber relevant sein kann?

Während er so nachdachte, wurde er aus seiner „Welt der Beweise" durch sein Handy herausgerissen. Die Dienststelle in Oldenburg rief an und teilte ihm mit, dass man Herrn Dürwisch tot in seinem Hause aufgefunden hatte.

Der Kommissar fragte noch einmal nach:

„Wo haben sie Herrn Dürwisch aufgefunden?

„In seinem Haus in Hohenkirchen!"

„Wieso dort?

„Das Haus war doch gesperrt für alle!

Oder?"

„Ja, eigentlich schon.. aber er ist dort gefunden worden!"

„Wer hat ihn gefunden?

„Was wir hier bisher wissen, hat eine Nachbarin laute Geräusche gehört und ist rüber gelaufen. Konnte aber nicht sehen.

Als sie um das Haus lief und durch die großen Fenster auf der Südseite hinein sah, entdeckte sie Herrn Dürwisch auf dem Boden, in einer Blutlache liegend und rief sofort die Polizei.

Beamte sind bereits schon vor Ort. Herr Schulz ist leider in einem anderen Mordfall unterwegs und kann daher nicht zum Tatort kommen.

Deswegen haben wir sie angerufen, da sie ja auch die beiden anderen Fälle der Dürwisch bearbeiten.
„Ja, ich komme sofort zum Tatort hin. Man soll noch nichts unternehmen. Ist ein Boot der Küstenwache unterwegs und kann dieses mich auf Wangerooge abholen?"

„Wird gerade abgeklärt."

„Nein, die Küstenwache ist zu weit entfernt. Wir schicken in einen Hubschrauber, dass geht schneller! Er ist in 15 Minuten bei Ihnen!"

„Danke!"

Der Flug nach Hohenkirchen

Kommissar Schöne packte seine Sachen zusammen, zahlte und machte sich auf den Weg zum nahe gelegenen Flugplatz der Insel.

Kaum war er dort angekommen, schwebte auch schon der Hubschrauber über den Platz.

Man nahm den Kommissar auf und dann ging es mit „Speed" zum Tatort nach Hohenkirchen.

Dort angekommen, warteten schon die Mitarbeiter der KTU auf den Kommissar.

Vorsichtig öffnete Schöne die Haustüre und ging leise hinein. Zunächst war nichts auffälliges zu entdecken. Im Salon fand er Herrn Dürwisch. Tot. So wie es aussah, wurde Herr Dürwisch von hinten erschlagen. Er rief die KTU.

Er ging durch das ganze Haus, aber alles war noch so, wie er es bei seinem letzten Besuch verlassen hatte. Aber eine Frage stellte sich jetzt dennoch?

„Wie kam der Täter in das Haus hinein?"

Nirgends waren Einbruchspuren zu entdecken.

Er ging noch einmal zu dem Tatopfer hin.

Die Mitarbeiter hatten gerade die wenigen Habseligkeiten von Herrn Dürwisch aus seinen Kleidern herausgeholt und sie in einer Tüte verstaucht.

Man fand:

Eine kleine Geldbörse

Ein Taschentuch

Einen Türschlüssel, der aber nicht auf die Türe hier im Hause passte.

Mehr hatte er nicht dabei gehabt. Mehr als merkwürdig!

In einem Nebenzimmer saß noch die völlig verstörte Nachbarin.
Schöne setzte sich neben ihr auf dem Sofa hin und begann mit leiser Stimme:

„Wie ist ihr Name?"

„Frau Elfriede Kaluweit, ich bin die Nachbarin der Dürwischs."

„Können sie schildern was sie gesehen haben? Dies ist für uns sehr wichtig!"

„Also, zuerst habe ich ein paar laute Geräusche gehört.

Ich saß in meiner Küche und war gerade dabei, mir mein Mittagessen zu kochen. Dann hörte ich einen lauten Knall, einen Schlag, als wen eine Türe ins Schloss fällt und kurze Zeit später bekam ich mit, wie ein Motor aufheulte und über das Gelände raste und hinten hinaus fuhr."

„Was für ein Auto war das?"

„Die Marke kann ich ihnen nicht sagen!"

„War es ein PKW, ein Transporter oder Van?"

„Das war ein Kastenauto, aber nicht größer als ein PKW."

"Welche Farbe hatte er?"

„Ich glaube, er war schwarz!"

„Frau Kaluweit, ich danke ihnen für ihre Hinweise.

Sollte ihnen noch etwas einfallen, dann rufen sie mich bitte an. Ich gebe ihnen meine Karte."

„Eine Beamtin bringt sie jetzt nach Hause."

„Danke"

Schöne ging in den Garten und schaute sich da um.

Auf einem Weg fand er am Rand eine Reifenspur, die noch sehr frisch war. Sie führte weiter zu einem Tor im hinteren Bereich des Geländes. Vom Haus aus war dieses Tor nicht sichtbar gewesen. Das Tor war verschlossen!

Also muss sich derjenige hier auskennen und einen Schlüssel besitzen.

Aber warum fand man Herrn Dürwisch jetzt in seinem Haus erschlagen auf?

Gleichzeitig stellt sich die Frage:

„Wie ist man in das Haus hinein gekommen?"

„Wieder neue Fragen, die geklärt werden müssen."

Nachdenklich ging Schöne durch den Garten zurück ins Haus.
Auf diesem Weg kam er an verschiedenen Statuen vorbei.

Neugierig las er, welche Namen auf den kleinen Schildern, die im unteren Bereich der Statuen angebracht waren, stand:

Demeter, Hades, Hera, Hestia, Poseidon, Athene, Artemis, Apollon, Hermes, Herakles, Aphrodite, Kronos, Zeus, Hebe und noch einige andere.

Manche dieser Namen hatte er in seiner Schulzeit mal gehört oder sie sind einem in der griechischen Geschichte über dem Weg gelaufen.

Alle Statuen sahen sehr gut aus. Sie waren aus einem sehr glatten Material gefertigt. Je nach Standort hatte die eine oder andere Statue einen leichten Schleier aus Moos an.

Bevor Schöne den Garten verließ, machte noch ein paar Bilder von den Statuen und dachte noch so bei sich:

„So viele Götter auf einem Blick wirst du so schnell nicht mehr wiedersehen."

Dann ging er ins Haus hinein und schickte die KTU raus in den Garten, zwecks Spurenaufnahme.
Im Inneren bekam Schöne einen ersten Bericht von der KTU.

„Herr Schöne, also irgendetwas ist hier an diesem Fall sehr seltsam."

„Was meinen sie damit?"

„Nun, erstens haben wir keine Spuren eines Einbruches feststellen können.

„Zweitens kommen wir zu dem Ergebnis, dass man die Leiche von Herrn Dürwisch hier ganz bewusst abgelegt hat."

„Wie kommen sie darauf?"

„Wir haben einen kleinen Rest einer Plastiktüte unter dem Kopf des Opfers gefunden. Es sieht so aus, dass man dem Opfer eine Tüte über den Kopf gezogen hatte, ihm dann einen tödlichen Schlag versetzte und ihn dann hier ablegt hat.

Danach hat man ihm die Tüte von Kopf gezogen, dabei blieb ein kleiner Fetzen der Tüte an dem hinteren Hemdknopf hängen, als die Tüte hastig abgezogen wurde. Wir haben zwei weitere Hämatome gefunden, die erst hier entstanden sein können.
Dies muss die Gerichtsmedizin noch genau klären. Vermutlich wollten der Täter oder die Täter einen Überfall hier vortäuschen!

Was aber wiederum auffällig ist, man hat alle Spuren um die Leiche herum sauber weggewischt. Hier konnten wir rein gar nichts finden."

„Suchen sie mal draußen, dort wo das Auto gestanden haben könnte. Ich nehme an, dass das Auto hier in diesem Bereich gestanden hat. Also sollten wir hier vielleicht etwas finden."

„Gut werden wir machen."

Während die KTU nach weiteren Spuren suchte, nahm er den Schlüssel, den man bei Herrn Dürwisch gefunden hatte, mit und ließ sich durch eine Streifenwagenbesatzung nach Hooksiel bringen.

Dort suchten sie die Ferienwohnung von Herr Dürwisch auf, die ja seit seiner Rückkehr aus Nordeuropa sein vorläufiges Domizil war, da sein Haus ja ein Tatort war und noch polizeilich gesperrt war.

In der Wohnung fand man zunächst nicht außergewöhnliches. Alles sah ordentlich und sauber aus. Selbst die Spülmaschine war leer. Küche und Wohnzimmer waren super aufgeräumt. Auch im Bad fand man nichts auffälliges. Im Schlafzimmer sah auch alles sehr aufgeräumt aus.

Als der Kommissar die Decken vom Bett nahm, fiel ihm ein kleiner, schon etwas blasser rötlicher Fleck auf. Auch dies sollte untersucht werden.
Ist hier der Mord geschehen und man hat das Opfer in einem Wagen abtransportiert und in Hohenkirchen deponiert?

„Dann stellt sich die Frage nach dem Warum?"

In Hooksiel konnte man kaum weitere Spuren finden, also ließ sich Kommissar Schöne wieder zurück nach Hohenkirchen fahren.

In der Zwischenzeit hatte draußen in Hohenkirchen die KTU Reifenspuren sicherstellen können und einen Ölfleck auf einem Stein in der Rasenfläche, sowie eine schwache Schleifspur sichern können. Man verglich diese sofort mit den Schuhen des Opfers und man fand leichte Abriebstellen an beiden Schuhen.

Also konnte man davon ausgehen, dass man hier vorgefahren ist, hat das Opfer aus dem Wagen geholt, in die Wohnung geschleift und sie dort abgelegt. Danach wurde der Plastiksack, der über den Kopf gestülpt war, recht unsanft abgezogen, so das ein Stückchen von dem Sack ausgerissen wurde, was dann hier gefunden wurde.

„Wo aber war der Sack geblieben?"

„Den musste man ja bestimmt entsorgt haben. Aber wo?"

Noch einmal wurde das gesamte Team der KTU durch das Haus und den Garten geschickt.

Aber gefunden wurde nichts!

Ergebnisse in Oldenburg

Zwei Tage später trafen die beiden Kommissare zusammen und besprachen die bisherigen Ergebnisse durch.

„Ja, mein lieber Schulz, sie haben mir hier einen rätselhaften Fall einer vermissten Frau und einem toten Diener übergeben. Jetzt nach fast neun Monaten haben wir ein weiteres Opfer und sind wieder keinen Schritt weiter."

„Was ist das für ein merkwürdiger Fall?"

„Bevor wir hierüber sprechen, greifen wir zuerst zu unseren geliebten Plätzchen und einer guten Tasse Kaffee."

„Herr Schöne, ich habe hier heute morgen von der KTU weitere Informationen bekommen.

Ebenso eine Information über die Nachfrage zu dem Alibi des Malers."

„Und was haben sie da vorliegen?"

„Also, dass Alibi von dem Maler ist korrekt. Er war auf der Ausstellung und den ganzen Tag dort anwesend, was zahlreiche Zeugen bestätigt haben."

„Damit fällt er als Täter vermutlich aus."

„So, was haben wir noch?"

„Laut KTU, wurde Herr Dürwisch tatsächlich in seinem Ferienhaus in Hooksiel ermordet. Der Blutfleck, den wir im Bettzeug gefunden haben, stammt vom Opfer. Im Bad konnten Reste von Blutspuren gefunden werden, obwohl das Bad fast klinisch rein war – aber nur fast!

Der Sack, von dem man ein kleines Stück beim Opfer gefunden hatte, ist aller Voraussicht nach ein blauer Müllsack gewesen. Also eine Massenware, die uns auch nicht viel weiterhelfen wird.

Wie bereits vermutet, wurde das Opfer, aus einem Fahrzeug, laut Zeugin ein schwarzer Kastenwagen, PKW-Größe, entladen und ins Haus gezogen und im Salon abgelegt. Das zeigen die Spuren die die KTU draußen gefunden hatte und mit den Abriebstellen an den Schuhen des Opfers identisch sind.

Dann hat unser Spezialist für Finanzen etwas in den Unterlagen gefunden, eine Spur, die er noch weiter verfolgen muss. Es könnte sein, dass hier eine weitere Scheinfirma ihr Unwesen getrieben hat.

In seiner ersten Analyse spricht er von einer Summe, die jenseits der 4 Millionen-Grenze liegt! Eine nicht unerhebliche Summe, besonders für einen Betrieb in dieser Größe."

„Jetzt stellt sich die Frage:

„Wer hat hier ein Interesse an die Firma?"

„Ich glaube, sagte Schulz zu seinem Kommissar, wir haben es hier vermutlich mit einer Fehde, zwischen zwei Unternehmen zu tun."

„Aber deswegen zwei, drei Menschen umbringen?"

„Gut, zwei Tote haben wir, eine wird noch vermisst, oder hat sie damit etwas zu tun, um ihrem Mann zu schaden? Eigentlich unvorstellbar! Aber es gibt nichts, was nicht möglich ist!"

Schulz stand auf und lief mit leisen Schritten durch den Raum und sagte zu Schöne:

„Nehmen wir mal folgendes an:

„Frau Dürwisch hat hier die Hände im Spiel. Sie wollte sich von ihrem Mann trennen, laut der Aussage der Tochter.
Also wie macht man dies? Sie war, dass ist sicher, ja für den Finanzbereich in der Firma zuständig. Also hatte sie hier alle Möglichkeiten einer Manipulation.
Sie konnte eine neue Firma als Kunden installieren, ohne das es einer merken würde. Sie konnte die Gelder auf andere Konten umleiten, ohne das es auffiel."

Nehmen wir weiter an:

„Sie hat die vier Millionen auf irgendein Konto gebracht, von dem wir noch nichts wissen und von dort weitergeleitet auf weitere Konten.

Die anderen 32.000 Euro waren als Testballon gedacht und als Geld für irgendwelche „Dienstleistungen".

Sie wollte, eigentlich wie immer nach Davos in den Urlaub fahren. Dies war für jeden im Betrieb bekannt. Ihr Mann war noch auf der Geschäftsreise im hohen Norden unterwegs und wurde erst zum 10. Februar zurück erwartet. Wie ich aus den Unterlagen entnehme, geschahen alle Vorgänge der Kontenmanipulation in dieser Zeit."

„Wer war in dieser Zeit da?"

„Frau Dürwisch!"

Jetzt geht sie her, frisiert die Konten und bereitet ihren Abgang vor, den sie eigentlich schon im Oktober geplant hatte. Sie machte ihre Tochter zur Zeugin, indem sie ihr erzählte, dass ihr Vater sie geschlagen hätte und sie sich scheiden lassen wollte.

„Aber wie passt dann die Geschichte von dem Sohn ins Bild hinein?"

„Das ist auch so ein Punkt der vielen Ungereimtheiten in diesem Fall. Der Sohn erzählt von einer Kreuzfahrt, die im Mai 2020 stattfinden soll. Angeblich wären die Karten schon gekauft worden, was die Mutter ihm auch bestätigte.

Bisher blieben die Karten verschwunden."

„Ich war im Reisebüro und dort bestätigte man mir, dass die Reise von beiden Eheleute persönlich gebucht und bezahlt worden sei."

Schulz ging weiter nachdenklich durch den Raum.

„Spinnen wir den Fall einfach mal weiter."

„Nachdem die Gelder geflossen sind, begann Frau Dürwisch ihr Verschwinden vorzutäuschen.

Sie nahm drei Koffer, packte diese in ihr Auto und fuhr das Auto in den See bei Jever. Hierbei musste sie aber einen Helfer gehabt haben. Denn alleine hätte sie den Wagen nicht versenken können. Leider konnten wir dort keine weiteren Spuren eines zweiten Wagens entdecken."

„Wie ging es dann weiter?"

Sie ging, fuhr oder sonst irgendwie von dem See weg und machte sich aus dem Staub.

Vermutlich floh sie ins Ausland. Währenddessen musste ihr Helfer oder gar Liebhaber im Haus einen Einbruch vortäuschen. Er musste also mit den Einzelheiten der Alarmüberwachung vertraut gewesen sein, denn sonst wäre er ja nicht auf das Gelände hinein gekommen. Als er im Hause war und das Chaos in der Oberen Etage anrichtete, dass wir an einem Einbruch glauben mussten, wurde der Diener hellhörig und rief vielleicht:

„Wer ist denn da?"

Dies war sein Todesurteil. Er drängte ihn zurück in den Keller und erdrosselte ihn dort. Dann schleppte er die Leiche nach oben und legte sie in die Küche ab.

Eine Frau hätte dies nicht schaffen können. Also können und müssen wir von einem Mann ausgehen, der kräftig und mindestens 180 cm groß war. Dann verließ er das Haus und folgte seiner Geliebten."

„Aber warum, holte er die Leiche des Dieners aus dem Keller und legte sie in der Küche ab?"

„Wahrscheinlich wollte er uns auf eine falsche Spur lenken?"

„Ich nehme mal weiter an:

„Dies könnte ein Teil des Szenariums sein, aber warum wurde dann neun Monate später Herr Dürwisch ermordet?"

„Ja, eine interessante Frage, auf die ich auch noch keine Antwort habe, Ich kann nur vermuten, dass man in der Firma drauf und dran war, die frisierten Konten zu entdecken, zumal der Bruder und Herr Dürwisch dafür bekannt waren, Fehler schnell zu entdecken und man wollte diese Geldquelle noch eine Zeitlang sprudeln lassen, bis das Unternehmen ausgeblutet war."

„Aber, wer wäre dann dieser unbekannte Mann?"

„Von einem fremden Mann hat keiner der zahlreichen Zeugen berichtet.

Was ebenso schleierhaft ist, ist der Verbleib dieses schwarzen Autos, welches die Zeugin beobachtet hatte, als sie den toten Herrn Dürwisch fand."

Gehen wir mal davon aus, dass Frau Dürwisch einen Geliebten oder Helfer gehabt hatte, warum wurde dann der alte Hausdiener erdrosselt und neun Monate später Herr Dürwisch.

Warum diese beiden Morde?

Man hatte ja schon über vier Millionen von den Konten erfolgreich abgezweigt, also was wollte man noch mehr?

Rache?

Aber wofür?

„Ich kann mir nicht helfen, aber irgendwie passt das alles nicht zusammen."

„Was halten sie davon, mein lieber Herr Kommissar Schöne?"

„Ja, auch ich bin total unschlüssig, wer der Täter sein könnte. Vor allem das Motiv sehe ich bisher noch nicht."

„Nur wenn man das Motiv hat, kann man eine Verdächtigung aussprechen, aber die haben wir bis heute noch nicht."

„Ich glaube, wenn wir Frau Dürwisch ausfindig machen können, werden wir die Lösung des Falles haben. Aber so?"

„Aber wo sollen wir die Frau Dürwisch finden? Wir haben bisher keinerlei Anhaltspunkte für ihr Verschwinden bzw. wo sie sich aufhält. Die entscheidende Frage ist jedoch immer noch;

„Lebt Frau Dürwisch überhaupt noch?"

„Schulz, ich werde mich weiterhin auf die Suche nach dem Motiv machen, denn irgendwo gibt es ein kleines Detail, was uns die Lösung bringen kann. Aber dieses Detail müssen wir noch finden!"

Ich sehe, es ist schön spät geworden und ich möchte langsam wieder zurück fahren, möglichst noch im Hellen."

„Schulz wir bleiben in Kontakt, lassen sie ihren „Finanzspezi" weiter an der Sache dranbleiben und ich suche das eine kleine Detail, um die Lösung zu finden."

„Bis auf dann, Schulz."

„Herr Kommissar Schöne, ich wünsche ihnen eine gute Heimfahrt."

„Danke Schulz, bis auf später."

Die Suche beginnt

Nachdenklich stieg Schöne in sein Auto und fuhr nach Hause.

Zu Hause angekommen, machte sich Schöne sein Abendessen warm und sah dabei die Nachrichten im Fernsehen.

Es fiel ihm schwer abzuschalten, zu sehr beschäftigte ihn dieser Fall. Gerne hätte er ihn gelöst. Aber bei den wenigen Anhaltspunkten eine äußerst schwierige Aufgabe.

Er schaute sich noch einen alten Tatort-Film an. Aber auch der bot ihm keinen Geistesblitz an, um seinen Fall zu lösen.
So ging er gegen 22 Uhr zu Bett.

Am anderen Morgen, dass Wetter war herrlich, strahlend blauer Himmel, die Sonne schien, aber es hatte noch über die Nacht leicht gefroren.
Beschwingt machte sich Schöne sein Frühstück und plante eine kleine Ausfahrt nach Carolinensiel. Er musste einfach auf andere Gedanken kommen.

Gegen 10 Uhr fuhr er los und nach einer knappen halben Stunde war er Carolinensiel.

Carolinensiel ist ein Stadtteil von Wittmund, welcher 1968 eingemeindet wurde. Wittmund ist auch ein Landkreis in nördlichen Niedersachsen.

1729 wurde die Eindeichung abgeschlossen und ein Sielhafen angelegt. 1730 vergab Fürst Georg Albrecht von Ostfriesland die 23 Grundstücke an Neusiedler.

Seinen Höhepunkt hatte der Hafen um 1860, wo allein 40 Kapitäne mit rund 59 Schiffen auf See gingen. Außerdem gab es zwei Werften, vier Brauereien und zahlreiche Gaststuben.

1804 begann auch für Carolinensiel die Geschichte des Tourismus, nachdem die erste Badesaison auf Wangerooge begann.

Kommissar Schöne ging am Hafen entlang in Richtung nach Harlesiel und von dort in Richtung Strand, ohne zuvor im „Wattkieker" einzukehren. Hier trank er seine geliebte Tasse Kaffee. Sie regte seinen Geist an und in diesem Fall brauchte er alle Geister.
Er holte sein Tablet heraus und ging noch einmal ganz langsam alle Fakten durch. Auch alle Bilder, die er selbst und auch die KTU gemacht hatte, ging er noch einmal durch. Hier und da machte er sich ein paar Notizen. Dies nahm eine ganze Zeit in Anspruch, so das er die Tasse mit Kaffee zwei und drei brauchte.

Aber wie sollte man die wenigen Tatsachen zu einem ganzen zusammen fügen?

Man hatte zwar noch kein Motiv, was die Sache doch leichter machen würde, also konnte man nur in alle Richtungen ermitteln und dies machte die Sache so kompliziert.

Immer wieder ging sein Blick nach draußen in die Weite, als wenn hier die Lösung liegen würde.

Aber noch sah er keinen Silberstreifen am Horizont.

Bevor er sich auf dem Weg zu seinem Auto machte, nahm er einen kurzen Abstecher zu dem kleinen Strandbereich. Einige Kinder spielten dort im Sand. Er schaute ihnen eine Weile zu.
In dieser Zeit schoss ein Gedanke durch seinen Kopf, den er aber sofort wieder verwarf.
Es wurde langsam Zeit und er machte sich auf dem Weg zu seinem Auto.

Zu Hause angekommen ließ ihn der Gedanke, der ihm am Strand in den Sinn gekommen ist, nicht mehr los. Er notierte den Einfall und wollte ihn am nächsten Tag näher betrachten.

Für heute wollte er Schluss machen, da ein Spiel in der Champions League anstand und dieses wollte er nicht verpassen. Es wurde ein sehr torreiches, aber einseitiges Spiel.

Der Gedanke

Gut, dass er sich den Gedanken gestern noch notiert hatte, sonst wäre dieser weg gewesen. Er nahm seinen Zettel noch einmal zu Hand und las die Zeilen, die dort standen.

Gipsreste gefunden im Keller gefunden, an der Werk-Bank, Figuren im Garten überprüfen - Rechnungen liegen eventuell vor -

---

Wieso bin ich darauf gekommen? Ach ja, als ich die Kinder am Strandbereich spielen sah.
Sie hatten Figuren aus Sand geformt und sie aufgestellt.

Er rief in der Firma von Herrn Dürwisch an und ließ sich den Buchhalter Meier geben.

„Herr Meier, ich habe eine kleine Bitte an sie:

„Können sie mir die Käufe der zahlreichen griechischen Statuen, die sich im Garten und Haus der Dürwisch befinden, irgendwie belegen."

„Herr Kommissar, dass ist möglich, da alle Figuren ordnungsgemäß gekauft worden sind."

„Wäre es möglich mir eine Liste der Figuren zuzusenden, über die sie eine Rechnung haben."

„Ja, diese kann ich ihnen zusammenstellen."

„Ich brauche nur den Namen und das Rechnungsdatum. Mehr ist vorerst nicht nötig. Können sie mir die Liste schnellstens auf meinen Rechner schicken?"

„Ja, dass mache ich ihnen sofort fertig."

„Das ist super Herr Meier und danke für ihre Mühe."

„Das ist doch selbstverständlich!"

Eine Stunde später kam die Mail mit der Liste herein.

Herr Meier hatte sich viel Mühe mit der Liste gemacht und sie nach Datum zusammengestellt.

Nr.	Name d. Figuren	RE-Datum
1	Kronos	2002
2	Zeus	2003
3	Hera	2004
4	Hebe	2005
5	Poseidon	2007
6	Ares	2009
7	Artemis	2010
8	Athene	2011
9	Demeter	2011
10	Apollon	2012
11	Persephone	2012
12	Herakles	2012
13	Ate	2013
14	Aletheia	2914
15	Rhea	2016
16	Eros	2016
17	Methis	2017
18	Leto	2017

19	Diore	2018

Im Anhang gab es noch einen Hinweis.

„Herr Kommissar Schöne, über diese 19 Figuren habe ich hier die Rechnungen vorliegen. Diese sollten dann auch im Hause der Familie Dürwisch stehen."

Für weitere Fragen stehe ich ihnen gern jederzeit zur Verfügung.

A. Meier
Buchhaltung

„Das ging aber mal flott."

Schöne warf einen Blick auf das Schreiben, zahlreiche Namen waren ihm bekannt, aber einige nicht.

Er druckte sich eine Liste aus und machte sich zu dem Haus der Dürwisch auf. Dort angekommen musste er feststellen, dass das Siegel der Kripo durchtrennt war. Vorsichtig schloss er die Türe auf und ging auf Zehenspitzen hinein. Alles schien ruhig zu sein. Er ging durch die Räumlichkeiten.

Ein Bild im Salon fehlte!

Er rief die KTU an. Ein halbe Stunde später waren sie da.
Sofort wurde nach Spuren gesucht. Diesmal hatte man Glück und konnte einen Schuhabdruck der Größe 44 sicherstellen. Die anderen waren entfernt worden.

Wie auch schon zuvor. Jetzt ist demjenigen allerdings ein kleiner Fehler unterlaufen. Ein entscheidender? Das wird sich zeigen.
Aber warum wurde das Bild entfernt oder gestohlen, wo schon die Tochter immer hinschaute, als man das letzte Gespräch hier im Salon führte. Was war in dem Bild versteckt?

Bei Schöne kam ein Gedanke auf und er führte gleich ein paar Gespräche.

„Denn wenn ich richtig denke, dann waren dort vermutlich die Karten versteckt, die jetzt gebraucht wurden. Das ist irgendetwas in Vorbereitung!

Schöne holte seine Liste heraus und nahm sich einen Mitarbeiter der KTU mit.

Beide suchten den großen, parkähnlichen Garten nach den Statuen ab. Es war eine mühevolle Arbeit. Erst nach drei Stunden hatten sie soweit alle zusammen bekommen.

Nur eine, die zwar bezeichnet war, stand nicht auf der Liste:

„Aphrodite"

Noch einmal ging Kommissar Schöne zu dieser Figur, die schon etwas auffällig war. Sie war größer als die anderen Figuren. Auch die Oberfläche sah noch wie neu aus. Keine Spuren einer längeren Standzeit.

Aber warum war sie nicht vermerkt worden?

Schöne rief noch einmal den Buchhalter Meier an und fragte ihn nach einer Figur Aphrodite. Aber Herr Meier konnte in den ganzen Unterlagen keine Rechnung über eine solche Figur finden.
„Vielleicht ein Geschenk von Frau Dürwisch an ihrem Mann. Aber dann hätte ich die Quittung von ihr bekommen. Oder sie muss sie noch haben!"

„Gab es einen Anlass dafür?

„Ja, zum 71. Geburtstag von Herrn Dürwisch im Dezember."

„Danke Herr Meier."

Herr Schöne ging mehrmals um diese Figur und schaute sich jeden Quadratzentimeter der Figur an.

An einer Stelle der Figur, einer unscheinbaren Naht, im Bereich der Achselhöhle sah er etwas, dass wie ein kleines Fädchen aussah und aus der glatten Haut herausragte.
Er rief die KTU zu sich. Man begann diese Stelle auszuleuchten und klopfte die Figur ab. Sie klang anders als die anderen Figuren.
An einer nicht sichtbaren Stelle setzte man vorsichtig den Bohrer an und bohrte ein Loch hinein. Dann führte man eine Kamera ein.
Als man die ersten Bilder auf dem Rechner sah, stockte allen der Atem.

„Was hatten sie entdeckt?"

Man nahm die Statue von ihrem Sockel und legte sie hin. Sie war recht schwer. Es wurde kurz überlegt und dann setzte man an der Seite einen Trennschleifer an.

Nach einem ersten und einem zweiten Schnitt holte man dieses Stück heraus und machte eine unglaubliche Entdeckung.

Man fand eine Leiche im Inneren der Statue. Jetzt ging es nur noch um die Frage:

„Wenn hat man hier gefunden?"

Man entschloss sich, um besser arbeiten zu können, die Statue in die Gerichtsmedizin zu bringen, um alle noch vorhandenen Spuren sofort zu sichern.

Die Statue wurde verladen und mit Blaulicht ging es zurück nach Oldenburg. Das Haus wurde wieder versiegelt und auch Schöne fuhr hinter der KTU her.

Die Spannung wurde größer!

In der KTU

Vorsichtig wurde der Körper der Statue auf einen fahrbaren Untersatz gelegt und ab ging es in die Gerichtsmedizin.

Hier standen sie schon bereit, um die Öffnung der Statue vorzunehmen.

Auch die Kommissare Schöne und Schulz waren jetzt vor Ort, um zu sehen, wenn man jetzt hier freilegte.

Mit viel Gefühl setzte man den Schleifer an und schnitt die Statue auf. Dies dauerte eine ganze Weile.
Vor allem musste man immer wieder die Arbeit einstellen, um dem Staub Herr zu werden.
Nach einer Stunde harter Arbeit konnte man den oberen Teil von der Statue abnehmen. Sofort nahm die KTU ihre Arbeit auf, um erste Spuren zu sichern. Danach konnten die Gerichtsmediziner an ihre Arbeit geben. Nachdem sie mit größter Sorgfalt die dunkle Folie entfernt hatte, fand man die Leiche von Frau Dürwisch.

Nachdem man sie ganz freigelegt hatte, konnte man daran gehen, nach der Todesursache zu suchen.

Die Leiche war vollständig bekleidet gewesen, auch ihr Handy wurde in ihrer Hosentasche gefunden.

Nach einer kurzen Zeit und einer ersten gründlichen Untersuchung konnte der Gerichtsmediziner den beiden Kommissaren mitteilen, dass Frau Dürwisch erdrosselt worden war. Aber dies musste noch durch weitere Untersuchungen bestätigt werden.

Die KTU nahm sich sofort das Handy vor , um zu versuchen, ob man noch die letzten Gespräche rekonstruieren konnte. Man machte sich sofort an die Arbeit.

Die beiden Kommissare gingen auf ihr Büro und tranken erst einmal einen Kaffee.

Man schaute sich fassungslos an.

Schulz begann:

„Jetzt haben wir 3 Tote, zwei davon wurden erdrosselt und einer erschlagen."

„Warum, diese Morde?

„Wofür?"

„Ja, das hätte ich auch gerne gewusst!"

Während beide noch über den Fall nachdachten, kam eine Meldung herein.

Sie kam aus den Niederlanden!

In Rotterdam

Schulz informierte kurz Herrn Schöne und dann fuhren beide im Eiltempo nach Rotterdam, wo sie schon erwartet wurden.

Die niederländische Polizei wurde von der Schifffahrtsgesellschaft gerufen, als zwei ältere Herrschaften die Karten von den Dürwisch vorlegten und damit auf Kreuzfahrt gehen wollten.

Nach einer Fahrt von einer 1/1/2 Stunde waren sie in Rotterdam und wurden von ihren holländischen Kollegen in Empfang genommen.

Nach einer kurzen Information wurden die beiden Kommissare in den Verhör-Raum geführt. Dort saßen zwei ältere Herrschaften, er war 75 Jahre, sie war 73 Jahre alt. Beide waren sichtlich nervös.

Kommissar Schöne nahm die Gesprächsführung an sich, während Schulz sich etwas abseits setzte.

„Wissen sie warum wir sie hier festgehalten haben?"

„Nein, dass wir wissen nicht und was wir getan haben sollen?"

„Vielleicht können sie uns bei der Aufklärung eines Verbrechens helfen."

„Bei einem Verbrechen?"

„Ja, wie sind sie an die Karten gekommen?"

„Die Karten haben wir nachträglich geschenkt bekommen, von unserem Enkel, zur goldenen Hochzeit, die wir vor ein paar Tagen gefeiert haben."

„Wie heißt ihr Enkel und wo wohnt er?"

„Unser Enkel, der uns die Karten geschenkt hatte, wir haben drei Enkel, heißt Klaus Kruse und wohnt jetzt in Bremen."

„Hat er ihnen erzählt, wie er an die Karten gekommen sei?"

„Nein, das hat er nicht, dazu haben wir uns zu sehr darüber gefreut."

„Was macht ihr Enkel beruflich?"

„Wir glauben, er macht etwas in Sachen IT und scheint sehr gut zu verdienen."

„Ist etwas mit den Karten nicht in Ordnung?"

„Ja, die Karten gehörten einem Ehepaar aus dem Wangerland, welches jetzt tot ist. Die Karten waren für eine Kreuzfahrt zum Ausstieg aus dem Berufsleben gedacht. Das Paar war etwas jünger als sie."

„Oh, mein Gott."

„Eigentlich waren die Karten für eine Fahrt in Mai 2020 in die Karibik vorgesehen. Wieso sind sie schon jetzt damit gefahren?"

„Unser Enkel hatte gesagt, dass er Karten für eine tolle Kreuzfahrt bekommen könnte, die aber noch umgeschrieben werden mussten, da man sie für ein anderes Datum vorgesehen hatte. Vermutlich hat er dies dann umgeändert, so das wir jetzt fahren konnten."

„Mmmh..., was sollen wir jetzt mit ihnen machen?"

„Ja, sollen wir jetzt nicht fahren können?"

„So, wie es jetzt aussieht, sind die Karten aus einem Diebstahl und einer Mordserie und werden damit beschlagnahmt. Damit ist für sie, so leid es mir auch tut, ihre Reise hier erst einmal zu Ende."

Enttäuscht wurden die beiden alten Herrschaften von der Polizei entlassen und ließen sich von einem Taxi zum Bahnhof fahren, um die Heimreise anzutreten.

In der Zwischenzeit hatte Schulz in Oldenburg angerufen und zwei seiner Beamten nach Bremen geschickt, um dort den Enkel Klaus Kruse aufzusuchen und zu einer Befragung nach Oldenburg zu bringen. Sie würden sich jetzt auf den Weg machen.

Die beiden Kommissare bedankten sich bei ihren niederländischen Kollegen und machten sich auf dem Weg zurück nach Oldenburg.

In Bremen

Die beiden Mitarbeiter des Oldenburger Kommissariat hatten zwischenzeitlich die genaue Adresse von Herrn Kruse herausgefunden und standen recht schnell vor dem Haus. Bevor sie zu Herrn Kruse gingen, beobachteten sie eine Weile das Haus, in dem Herr Kruse wohnte.

Es war erstaunlich, wie es da zuging. Wie in einem Taubenschlag. Da gingen ständig irgendwelche Leute ein und aus. Da der Blinkwinkel sehr gut war, machen die Beamten, einer Eingebung folgend, von den „Besuchern" Fotoaufnahmen. Wie gut, dass es heute Handy`s gibt. Sie schicken die Bilder sofort nach Oldenburg.

Die beiden Beamten machten sich einen Plan, wie sie vor gehen sollten.
Nachdem wieder einer klingelte und Einlass bekam, stellen sich die beiden Beamten in der Nähe des Hauses auf, um mit dem nächsten Besucher mit ins Haus zu gelangen. Sie brauchen nicht lange warten.

Als der nächste Besucher schellte, ging einer der Beamten ihm nach, sein Kollege folgte ihm ins Haus hinein.

Ein Blick vom Treppenhaus auf dem Hof, zeigte in einer der Garagen, einen roten Ferrari stehen.

Sie mussten noch eine Treppe hoch gehen, dann standen die drei vor der Türe. Der Besucher klingelte, ein junger Mann öffnete die Türe und ließ den Besucher herein, man kannte sich. Der Beamte rutschte mit durch. Er ließ die Tür aber offen, so dass sein Kollege ebenfalls hineingehen konnte.

Der Besucher wurde in ein Zimmer geführt und die Türe verschlossen. Nach einiger Zeit kam er wieder heraus und wollte gehen. Kaum war er durch das Treppenhaus gegangen und wollte das Haus verlassen, wurde er von zwei Polizeibeamten festgenommen, die der Kollege zwischenzeitlich alarmiert hatte.

Jetzt war sein Kollege dran. Er klopfte an die Türe und wurde von einem jungen Mann empfangen. Auf dem Tisch stand eine Waage und zahlreiche verschiedene Gefäße. Ehe sich der junge Mann versehen konnte, lag er über den Tisch und bekam Handschellen angelegt.

Nach den ersten Feststellungen lagerten hier in der Wohnung rund 50 Kg verschiedenster Rauschgifte und Pillen.

Sofort angeforderte Polizeibeamte durchsuchten die Wohnung und sammelten alles ein, was sie finden konnten. Darunter auch eine Kundenliste!

Diese wurde von den beiden Kriminalbeamten mitgenommen, ebenso Herr Kruse.

Obwohl er versuchte sich zu wehren, was ihm nicht gelang, wurde er zu dem Wagen gebracht und dort festgesetzt.

Alles weitere war jetzt ein Fall für die Abteilung Rauschgift.

Die beiden Beamten gaben Schulz und Schöne die Nachricht, dass man Kruse habe und nun auf dem Weg nach Oldenburg sei.

Schulz gab zurück, dass man in knapp einer halben Stunde in Oldenburg sei.

Wieder in Oldenburg

Fast zeitgleich kamen beide Fahrzeuge in Oldenburg an.

Herr Kruse wurde in den Verhör-Raum geführt, während die beiden Kommissare erst einmal ihren geliebten Kaffee und die Plätzchen einnahmen.

Herr Kruse wirkte recht nervös!

Nach einer halben Stunde kamen die beiden Kommissare in den Verhör-Raum und nahmen Platz. Diesmal machte Schulz den Part des Verhöres und Schöne setzte sich in eine Ecke hinein.

„Sie sind Herr Kruse, Klaus Kruse, geboren am 1.5.1993 in Vechta, ledig, keine Kinder?"

„Ja, aber ich möchte jetzt einen Anwalt haben, sonst sage ich nichts!"

„Gut, einen Anwalt können sie gerne haben, aber es geht uns hier nicht um das Vertreiben von Rauschgiften, sondern um Mord!"

„Bei diesen Wort: MORD, entgleisten ihm sämtliche Gesichtszüge!"

„Wieso Mord, konnte er nur noch stammeln."

„Ja, wieso sprechen wir hier und jetzt über Mord?"

„Gut, ich will es ihnen sagen:
Sie haben ihren Großeltern zwei Karten für eine Kreuzfahrt zur goldenen Hochzeit geschenkt. Stimmt dies?"

„Ja, dass stimmt, aber wieso fragen sie mich danach?"

„Diese Karten waren im Besitz eines Ehepaares, welches gewaltsam ums Leben kam. Eigentlich sollten die Karten für den Mai 2020 gelten, wurden aber geändert."

„Wieso?

„Von wem haben sie die Karten?"

„Sie sollten beginnen, uns zu schildern, wie sie an die Karten kamen und von wem? Immerhin geht es hier um einen dreifachen Mord!"

Er wurde immer nervöser und unruhiger.

„Jetzt sprechen sie schon von einem dreifachen Mord. Wie viele kommen da noch nach?"

„Wir hoffen, dass keiner mehr folgt!"

„Aber so langsam sollten sie uns erzählen, wie sie an die Karten gekommen sind."
Er verlangte nach einer Zigarette, die er auch bekam.

„Gut, ich will ihnen sagen, wie ich zu diesen Karten gekommen bin.
Wie sie ja mittlerweile wissen, handle ich mit Drogen."

„Wenn ich da mal kurz zwischen gehen darf. Ihre Großeltern gaben aber an, dass sie in der IT-Branche tätig sind."

„Ja, dass war einmal."

„Nun, weiter im Text!"

„Ach ja, ich handle seit einem Jahr mit den Drogen und sie bringen mir viel mehr Geld ein, als ich je in der IT.Branche verdienen konnte.

Meine Klienten bezahlen mich in der Regel in bar. Wenn einer mal knapp bei Kasse ist, dann kann er auch in Naturalien bezahlen, die ich dann später zu Geld mache.

So bekam ich von einem Kunden dieser Tage eben diese Karten gegen Rauschgift angeboten.

Ich schlug auf diesen Handel ein, nachdem ich mich erkundigt habe, was solche Karten wert sind."

„Und welchen Wert hatten sie?"

In dem Reisebüro, wo ich nachgefragt habe, gab man mir den Wert von rund 10.000 Euro an.

Ich gab ihm dafür das Rauschgift im Wert von 5.000 Euro. Er war damit zufrieden."

„Wie kommen sie an ihre „Klienten" wie sie sie nennen?"

„Die meisten kommen auf Empfehlung zu mir, weil sie sonst nur schwerlich an den Stoff herankommen können. Dafür bin ich etwas teurer als die anderen, aber ich nehme auch Naturalien und frage nicht nach, woher sie stammen."

„Kannten sie den denjenigen, der ihnen die Karten anbot?"

„Nein, er schien ein neuer Kunde zu werden, zumal er Wochen vorher schon einmal da war und eine größere Menge orderte."

„Können sie uns ihn beschreiben?"

„Puh, da verlangen sie aber viel von mir. Es ist so 180 cm groß, von der Statur her ist er kräftig und trägt einen Vollbart. Seine Haare sind etwas dünn und leicht ergraut, wie auch sein Vollbart. Ich glaube, er trägt eine Brille."

„Einen Namen haben sie für uns nicht. Oder?"

„Nein, Diskretion ist bei uns wichtig."

„Wie halten sie ihre Einnahmen eigentlich fest, um zu wissen, was sie umsetzen?"

„Nun, jeder Klient bekommt von mir eine Nummer. Hier wird in der Regel das Geburtsdatum genommen. Sollte es eine Doppelbelegung geben, dann kommen zusätzliche Zahlen dran."

„Wie sieht dies aus? Hier haben sie einen Zettel?"

Herr Kruse schreibt ein Beispiel auf:

24.05.1995 3"

„Ok, in diesem Beispiel wäre der, der Dritte, der am 24.05.1995 geboren wurde."

„Korrekt."

„Weshalb oder wer hat die Abreisezeit geändert?"

„Leider bekam ich die Karten erst auf massiven Nachdruck von meinem Klienten."

„Was heißt bei Ihnen Nachdruck?"

„Dann schicke ich meinen schwarzen Diener dorthin, wo sich die meisten Konsumenten treffen und dann ist es für ihn nicht schwer, meinen Klienten zu finden."

„Und was geschieht dann?"

„Ja, dann nimmt sich mein Diener ihn etwas zu Brust, was in der Regel ausreicht, seinen Verpflichtungen nachzukommen."

In der Zwischenzeit war der Anwalt eingetroffen und sprach zuerst mit Kommissar Schöne, um zu wissen, um was es sich hier handelt. In kurzen Worten erklärte Schöne ihm die Lage und führte ihn dann zu seinem Klienten.

Auch Schulz verließ für eine Viertelstunde den Verhör-Raum und beide nahmen ihren geliebten Kaffee ein.

Danach trafen sie wieder in den Verhör-Raum ein.

„Schulz fragte den Anwalt, ob sie die Befragung weiter führen können. Der Anwalt bejahte dies.

„Wo waren wir stehen geblieben?"

„Ach ja, zu Brust nehmen!"

„Könnte ihr Diener diesen Mann für uns finden?"

„Ich glaube schon, aber er müsste sich dann hier in Bremen aufhalten. Hier kennt er sich aus. Hier läuft alles auf Kontakte aus."

„Wo können wir ihren Diener sprechen?"

„Sie können ihn telefonisch erreichen, wenn sie mir mein Handy geben würden, dann könnte ich ihn anrufen und ihm sagen, ihnen die Informationen zu geben, die er für sie haben könnte."

„Okay, geben sie ihm sein Handy und er ruft an."

Herr Kruse wählt eine Nummer und hatte seinen Diener dran.

In kurzen Worten schilderte er ihm seine Lage und bat ihm, mit den Kommissar zu sprechen und seine Fragen zu beantworten."

Er reichte Schulz das Handy.

Kommissar Schulz stellte sich kurz vor und hoffte auf seine Mitarbeit. Er bekam eine positive Antwort mit der Bitte um seine Frage.

„Der Klient, den sie an seine Pflicht erinnert haben und der dann mit den Karten kam, um seine Schulden zu begleichen, hatte er besondere Merkmale?"

„Eigentlich war er ganz normal. Ich glaube, an dem rechten Arm hatte er eine recht teure Uhr am Handgelenk und der kleine rechte Finger hatte eine leichte Verkrüppelung."

„Gab es noch weitere Auffälligkeiten, die sie bemerken konnten?"

„Ja, da gab es noch etwas, was ihnen vielleicht helfen kann. Als er mir die Karten gab, bemerkte ich in einem roten Sportwagen, vermutlich ein Porsche, eine relativ junge Dame, die recht nervös im Auto saß."

„Können sie sie beschreiben?"

„Das wird recht schwierig, da die Lichtverhältnisse sehr schlecht waren."

„Versuchen sie es doch mal."

„Also gut!"

„Nun, was ich sehen konnte, war eine junge Dame, wie schon gesagt, mit langen, dunklen Haaren, die nach hinten zu einem Pferdeschwanz gebunden waren.

Ihr Gesicht konnte ich nicht genau sehen. Sie trug einen Kapuzen-Pullover in der Farbe schwarz. Kann auch ein dunkles Blau gewesen sein.

Als er mir die Karten übergeben hatte, lief er zu seinem Auto und raste mit der Dame davon, dabei hielt sie sich die Hand vor das Gesicht, als wenn man sie nicht erkennen sollte.

Mehr kann ich ihnen beim besten Willen nicht sagen."

„Danke, für`s erste. Vielleicht haben sie uns schon damit weitergeholfen."

Dann wandte sich Schulz noch einmal Kruse zu.

„Herr Kruse, eine Frage habe ich noch:

„Wo oder wie haben sie die Änderung der Tickets gemacht, damit ihre Großeltern auf Fahrt gehen konnte?"

„Das war ganz einfach. Ich bin in ein Reisebüro gegangen und habe sie umschreiben lassen, was anscheinend problemlos ging."

„Ja, Herr Kruse, mehr brauche ich im Moment nicht von ihnen. Aber sie sollten sich weiterhin zu unserer Verfügung halten, wenn noch Fragen auftreten sollten."

„Heißt das, dass ich wieder frei bin?"

„Ja, aber wegen der Rauschgiftsache werden sie sich noch verantworten müssen, darüber sind sie sich wohl im klaren."

„Okay."

„Sie können jetzt gehen."

Die beiden Kommissare vereinbarten, diesen Tag sacken zu lassen, alle Informationen zu erfassen und dann zu überlegen, wie sie weiter vorgehen wollten.

Die Observierung

Am nächsten Morgen machte sich Kommissar Schöne auf den Weg nach Hooksiel. Irgendetwas sagte ihm, dass er die Werkstatt des Malers beobachten musste, um zu sehen welcher Publikumsverkehr hier stattfand.

Zwei lange Tage verbrachte der Kommissar seine Zeit in Hooksiel, um die Werkstatt zu beobachten aber dort blieb alles ruhig.

Er entschloss sich, einen dritten Tag zu opfern, um die Beobachtungen fortzusetzen. Am späten Nachmittag fuhr ein Wagen vor, ein schwarzer Kleintransporter mit Bremer Kennzeichen.

Wer stieg dort aus?

Die Tochter von Dürwisch und ein bisher noch unbekannter Mann. Der Kommissar machte sofort ein paar Fotos von den beiden und dem Fahrzeug und schickte die nach Oldenburg.

Dabei gab er gleichzeitig eine Beschreibung von dem Mann mit:

Alter zirka 30 – 35 Jahre, ca. 180 – 185 cm groß, dunkles, gewelltes Haar, etwas pomadig, trägt einen Arbeitsanzug in grau.

Auf dem Rücken sieht man einen Firmenaufdruck, welcher aber schlecht lesbar ist. Irgendetwas mit Automobil... ?

Die Nummer lautet: HB – AA 712 und es handelt sich um einen schwarzen Skoda Yeti Kasten.

Im gleichen Atemzug bekam der Kommissar eine telefonische Nachricht, dass man einen Fingerabdruck auf den Karten sichern konnten, den man in einer unseren Karteien hatte und dieser gehört einem polizeibekannten Kleinverbrecher mit dem Namen Peter Bondell. Bisher wegen kleinerer Delikte aufgefallen. Gleichzeitig fand man auch die Fingerabdrücke der Tochter auf den Karten, die sie eigentlich gar nicht in der Hand haben konnte.

„Wir prüfen gerade ihre Bilder, die sie uns geschickt und das Fahrzeug. Sobald wir etwas wissen, geben wir ihnen Bescheid."

„Sagen sie dann Kommissar Schulz ebenfalls Bescheid und er soll mit einem Rollkommando vorfahren.

Er würde hier weiter vor Ort bleiben und die Szenerie beobachten und Zwischenberichte abgeben. Also sollte einer am Telefon bleiben."

„Okay, dass machen wir."

In der Zwischenzeit geschah hier vor Ort folgendes:

Der Wagen wurde rückwärts in die Einfahrt gefahren. Dann herrschte ein geschäftiges Treiben. Da wurde ein Bild nach dem anderen aus der Werkstatt getragen und im Wagen verladen.

Das Rollkommando war schon auf dem Weg nach Hooksiel.

Schulz bekam von Schöne Hinweise zur Anfahrt zur Werkstatt.

Noch wurde dort fleißig eingepackt. Ein großes Bild machte aber den Beiden Probleme, es passte kaum in den Wagen hinein. Daher packte man einige Bilder wieder aus, um das Bild schräg in den Wagen zu stellen, aber scheinbar fehlten da noch immer ein oder zwei Zentimeter, um das Bild in den Wagen zu bekommen.

Sie versuchten es weiter. Das Bild schien vermutlich einen entsprechenden Wert zu haben, sonst würde man sich nicht so abmühen.

Dieser Umstand kam der Aktion zu gute, den das Rollkommando war schon kurz vor Hooksiel.

Schöne zu Schulz:

„Schulz, wenn sie vor Hooksiel sind, Sirenen abschalten. Hauptstraße vor und hinter der Nordstraße voll absperren.

Ein Teil der Mannschaft soll über die Lübbenstr. anfahren und von dort über die Gärten zur Kirche gelangen und dann die Straße von hinten dicht machen.

Der Rest sollte von der Hauptstraße hereinkommen. Das Haus steht auf der rechten Seite. Ich stehe etwas weiter auf der linken Seite."

„Wir sind gleich da."

„Ich habe in der Zwischenzeit die Bestätigung erhalten, dass derjenige, den sie fotografiert haben, wirklich Peter Bondell ist."

„Aber was hat der mit dieser Sache hier zu tun?"

„Eben bekomme ich Bescheid, dass das Fahrzeug mit der Bremer Nummer seit einigen Tagen als gestohlen gemeldet worden ist."

„Wie sieht die Lage vor Ort aus?"

„Also hier versucht man immer noch verzweifelt, das große Bild in den Kastenwagen zu hieven.
„Scheint ja einen gewissen Wert zu haben, wenn die sich so abmühen."

„So, wir stehen jetzt vor der Nordstraße."

„Die andere Gruppe hat die Kirche erreicht und sie verteilen sich gerade."

„Ja, ich sehe leichte Bewegungen hinter mir."

„Der Einsatzleiter wird gleich an ihrem Wagen sein."

„Er ist schon da."

„Okay."

„Wir peilen noch die Lage, bevor wir die Festnahmen machen. Noch sind die beiden damit beschäftigt, das Bild in den Wagen zu bekommen. Jetzt sieht es so aus, als hätten sie es geschafft. Während er die zuvor ausgeladenen Bilder wieder in den Wagen packt, holt sie weitere Bilder aus der Werkstatt."

„Wenn sie jetzt noch einmal in die Werkstatt geht, sollten wir zuschlagen, aber vor allem lautlos! Wir wollen sie nicht aufschrecken, sondern dann zugreifen, wenn sie wieder herauskommt.

Sie verschwindet wieder in die Werkstatt, während er versucht alle Bilder einzuladen, was sich aber schwierig gestaltet, bedingt durch das schräg im Wagen gestellte Großbild.

Das war der Zeitpunkt wo das Team 1 zugriff. Er wollte sich gerade bücken, um ein weiteres Bild aufzuheben, da lag er auch schon am Boden und war kampfunfähig.
Sie hatte von all dem nichts mitbekommen und raffte die Bilder zusammen, um sie zum Wagen zu bringen.

Sie dachte noch so bei sich, dass drei bis vier Wege noch notwendig waren, bevor sie von hier endlich verschwinden konnten.

Als sie mit einem Schwung Bilder aus der Werkstatt kam wurde sie von Team 2 in Empfang genommen. Völlig perplex glitten ihr die Bilder aus den Händen.

In der Zwischenzeit waren auch die beiden Kommissare da und gaben den Befehl „Abführen" und alles sichern. Dann gingen sie in die Werkstatt hinein. Sehr viele Bilder hingen dort nicht mehr. Sie gingen weiter durch die Räumlichkeiten. In einen kleinen Raum, den sie gewaltsam öffneten, fanden sie eine Person auf dem Boden liegend.

Es war der Freund der Tochter!

Schulz konnte nur noch seinen Tod feststellen. Er war erdrosselt worden.

Er rief die KTU.

„Was geht hier eigentlich ab?" fragte Schulz sich.

Kommissar Schöne ging derweil weiter durch die Räumlichkeiten und fand in einer Schublade eine Liste mit Namen und Bildern, die verkauft waren und nur noch geliefert werden mussten. Auch die Preise waren vermerkt worden. Schöne rechnete die Zahlen einmal zusammen und kam auf einen Wert von knapp 50.000 Euro. Diese Liste nahm er an sich. Weiter fand er ein Gips-Material in einem Fass, genau das gleiche, aus der die Statue mit der Leiche gefertigt wurde.

Mittlerweile war die KTU eingetroffen und begann mit ihrer Arbeit.

Schulz veranlasste die Überführung der beiden in die U-Haft nach Oldenburg.

Morgen früh sollte mit dem Verhör begonnen werden. Dann sollten auch die Anwälte der Beiden eingetroffen sein.

„Herr Schöne, sehen wir uns morgen?"

„Ja, selbstverständlich. Ich bin gegen 10 Uhr im Hause. Stellen sie schon einmal den Kaffee und die Plätzchen bereit."

„Klar, dass mache ich doch gern."

„Ich denke, sie sollten die Verhöre durchführen, da sie über die Einzelheiten besser informiert sind als ich."

„Ich glaube, wir beide werden auf die beiden einwirken müssen, um ein endgültiges Geständnis zu bekommen. Mal sehen, wie es uns gelingt, denen die Taten nachzuweisen. Die letzten Ergebnisse werden morgen noch von der KTU kommen."

„Gut, warten wir die Entwicklung ab."

„Was machen sie jetzt noch?"

„Ich fahre gleich zum Außenhafen von Hooksiel, der hier gleich um die Ecke liegt und werde dort mein Abendessen einnehmen.

Dort gibt es immer einen leckeren Fisch. Kommen sie mit, ich lade sie gern dazu ein."

„Dies würde ich ja gerne machen, aber ich muss die beiden Festnahmen noch zu Papier bringen und den Haftbefehl beantragen."

Okay!"

„Wir sehen uns dann morgen!"

Die Verhöre

Es war ein trüber Dezembermorgen als sich Kommissar Schöne auf den Weg nach Oldenburg machte. Erstaunlicher war die Tatsache, dass der Verkehr heute mal leicht und flüssig lief und er schon sehr früh im Amt war. So hatte er noch etwas Zeit sich alle bisher gesammelten Informationen anzuschauen und die neuen Erkenntnisse der KTU, die jetzt hereinkamen, konnte er schon in seinem Tablet hinterlegen.

Schulz kam kurz vor 10 Uhr ins Amt herein und musste gleich zu einem neuen Fall hinaus. Er informierte kurz den Kommissar über die neue Situation.

„Fahren sie ruhig, ich mache das auch allein. Zumindest fange ich mal an und warte ab, wie sich die Sache entwickelt. Ich glaube nicht, dass wir heute Abend schon fertig sein werden. Also, keine Hetze! Wir werden das ganz ruhig angehen."

„Das ist gut. Ich werde, sobald ich dort fertig bin, hier hinzukommen."

„Bloß keine Hetze!"

Während Schulz zu dem neuen Fall fuhr, ging Schöne in den Verhör-Raum und überprüfte die notwendigen technischen Aufnahmegeräte.

Der Anwalt der Tochter, Herr Bordemanns, kam fünf Minuten vor 10 Uhr ins Amt herein. Er wurde gleich von einem Mitarbeiter in den Verhör-Raum geführt.

Herr Schöne empfängt ihn.

„Guten Morgen, Herr Bordemanns, sie sind der Rechtsanwalt von Susanne Dürwisch?"

„Ja, Herr Schöne."

„Haben sie von ihrer Mandantin schon eine Erklärung zu den, ihr zu Last gelegten Taten?"

„Nein, dies ist auch nicht nötig, da sie völlig unschuldig ist."

„Wenn sie das meinen."

„Wann wollen sie mit dem Verhör beginnen?"

„In ein paar Minuten."

Dann wurde die Tochter von Dürwisch in den Verhör-Raum hinein geführt. Man wies ihr einen Platz zu.

Herr Schöne nahm ebenfalls Platz und schaute zuerst in seine Unterlagen und seinen Bildern hinein. Er ließ sich bewusst Zeit.

Sie wurde langsam unruhig. Ihr Anwalt beruhigte sie.

Schöne stellte das Aufnahmegerät an und sagte:

Wir haben den 4.12.2019 es ist 10.25 h und wir starten mit der Befragung von Frau Susanne Dürwisch. Persönliche Daten sind bekannt.

„Herr Schöne, nun sagen mal endlich, was sie meiner Mandantin denn vorwerfen:"

Herr Anwalt, ich komme gleich zum Kern der Anklage, nur nicht nervös werden:"

Schöne schaute die Tochter lange an und fing dann an:

„Frau Dürwisch, stimmt es, das sie ihre Mutter als vermisst gemeldet haben?"

„Das wissen sie doch!"

Frau Dürwisch, ich möchte nur, dass sie meine Fragen beantworten.

„Also noch einmal:

„Sie haben ihre Mutter als vermisst gemeldet?"

„Ja."

„Auf wessen Annahme beziehen sie sich?"

„Es war die Tatsache, dass ich meine Mutter nicht erreichen konnte."

„Also, dass sind ja alte Kamellen, die sie uns hier auftischen."

„Wissen sie, Herr Anwalt, ich hätte ja auch damit anfangen können, ich weiß nicht, ob ihre Mandantin ihnen dies erzählt hat, dass es hier um vier Morde geht."

„Um vier Morde!"

Der Anwalt bekam große Augen und schaute seine Mandantin verdutzt an. Sie zuckte nur mit der Schulter.
Er bat Schöne um eine kurze Auszeit. Sie wurde gewährt.

Schöne ließ sich einen Kaffee kommen und blätterte weiter in seinen Unterlagen.

Dabei beobachtete er, wie der Anwalt, wild gestikulierend, auf seine Mandantin einredete. Sie schaute ihn nur teilnahmslos an. Nach wenigen Minuten gab er auf und rief Herrn Schöne zum weiteren Verhör.

Man nahm wieder Platz und Schöne schaute wieder in seine Unterlagen.

Dann holte er ein Bild hervor und legte das Bild vor ihr hin. Es zeigte ihre Mutter, wie sie aus der Statue befreit wurde.
Schweigend schaute sie auf das Bild.
Schöne legte nach. Wieder nahm er ein Bild aus seinen Unterlagen und legte dies ihr vor. Es war das Bild ihres Vaters. Ihre Gesichtszüge versteinerten sich immer mehr.

Schöne ließ sich Zeit, bevor er mit dem nächsten Bild aus seinen Unterlagen kam. Auch dieses Bild legte er ihr vor. Es war das Bild des alten Dieners, wie der tot in der Küche lag. Ein leichtes Zucken im Mundwinkel konnte Schöne bemerken.

Also legte er ein viertes Bild vor. Es war das Bild ihres ehemaligen Freundes. Weggeworfen, wie einen alten Sack!

So langsam zeigte sie eine stärkere Reaktion. Die Anspannung nahm bei ihr zu.

„Herr Schöne, sie haben uns jetzt vier Bilder vorgelegt. Was wollen sie damit aussagen?"

„Nun, Herr Anwalt, dass sind die vier Menschen, die ihre Mandantin auf dem Gewissen hat.

Das erste Bild war ihre Mutter. Sie wurde erdrosselt, in einer Gipsstatue hineingelegt bzw. eingearbeitet und im Garten, als „Aphrodite" ausgestellt. Also für jeden sichtbar!

Das zweite Bild zeigte ihren Vater. Er wurde im Salon erschlagen aufgefunden. Ein halbes Jahr nach dem ersten Mord.

Das dritte Bild zeigt den toten Dieners des Hauses Dürwisch. Er diente der Familie über 40 Jahre lang. Er wurde wahrscheinlich zum gleichen Zeitpunkt getötet, wie die Mutter. Vielleicht war er Zeuge und musste deshalb sterben.

Das vierte Bild zeigte den Freund, oder sollte man lieber, den ehemaligen Freund sagen? Auch er wurde erdrosselt aufgefunden. Hier stellt sich die Frage:

„Warum?"

Alle vier Personen standen ihrer Mandantin im Weg und mussten halt weg.

„Frau Dürwisch, war es nicht so?"

„Sie glauben doch nicht, dass ich die vier Morde begannen habe?"

„Sie haben sie vielleicht nicht selber begangen, aber mit Sicherheit waren sie an der Planung beteiligt und ausgeführt hat die ihr neuer Freund Peter.

Aber trotzdem sind sie dran, wegen Beihilfe und Planung der Morde – und das macht ohnehin schon lebenslänglich aus. Dazu kommt noch der Betrug an der Firma ihrer Eltern, der Raub der Schiffskarten und den Bilder von ihrem Ex-Freund.

„Herr Anwalt, ich sehe ihre erstaunten Gesichtszüge. Nun, ich will sie darüber aufklären."

Man hatte versucht, was ja auch geklappt hat, rund 32.000 Euro über fingierte Scheinfirmen über Rechnungen hier abzukassieren. Dies war aber noch nicht genug.
Man stahl auch noch die Schiffskarten im Wert von rund 10.000 Euro, die man für die Hälfte einem alten Ehepaar verkaufte.

Dann war man bereit für den großen Coup.

Es wurden drei große Scheinfirmen gegründet und die Firma Dürwisch um rund vier Millionen erleichtert. Das gelang scheinbar mühelos, da Herr Dürwisch, also ihr Vater sehr aktiv in Sachen Neukunden unterwegs war.

So fiel das zunächst nicht auf. In der Firma dachte man an Neukunden, die der Chef heran geholt hatte und Rechnungen, die diese Firmen ausstellten wurden dann auch bezahlt.

Aber damit war es nicht genug. Nein, man wollte auch noch das Geld abkassieren, dass der Ex-Freund für seine Bilder bekommen sollte, die er auf einer Ausstellung verkaufen konnte und nur noch ausliefern musste."

„Ja, die Bilder konnten wir sicherstellen und zwar alle, die er auf einer Liste hatte, die wir zum Glück noch vor ihnen gefunden hatten.

Auch die Gelder, die sie nach Argentinien transferiert haben, liegen nicht mehr auf ihren verschiedenen Konten, sondern bei uns."

„Als der Kommissar dies sagte, merkte man der Tochter zum ersten Mal eine heftige Reaktion an."
„Sie sehen, Frau Dürwisch, alles war umsonst. Ach ja, damit dürfte ihr Traum von einer Rinder-Farm in Argentinien endgültig geplatzt sein.

Ist es nicht so?

Ich hatte bei meinem Gang durch das Haus in ihrem Zimmer entsprechende Unterlagen gefunden.

Das bedeutet weitere Jahre an Haft.

Dabei stellt sich mir nun die Frage:

„Warum nur?"

„Warum diese sinnlosen Morde?"

„Für nichts, wie wir jetzt wissen!"

„Sie sollten es sich überlegen, ein Geständnis abzulegen, was vielleicht ihre Lage etwas verbessern könnte."

„Lassen sie mich doch in Ruhe!"

„Gut, wie sie es wünschen. Ich habe Zeit. Sie werden später viel Zeit haben, um über ihre Taten nachzudenken. Abführen!"

„Ja, Herr Anwalt, dass war auch ein Schock für sie? Oder?

„Das können sie laut sagen!"

„Wie soll es jetzt nun weiterlaufen?"

„Nun, wir werden jetzt im Anschluss ihren Freund vernehmen und dann sehen wir weiter."

„Wo kommen sie her?"

„Aus Oldenburg!"

„Dann sie sie ja nicht weit weg von uns entfernt und könnten schnell hier erscheinen, wenn wir morgen weiter machen."

„Ja, dass kann ich. Ich halte mich bereit!"

„Dann gegebenenfalls bis morgen."

Herr Schöne bekam die Nachricht, dass der Rechtsanwalt, Herr Artos, von Herrn Bondell nun endlich da ist.

„Okay, dann bringen sie mir beide in den Verhör-Raum. In der Zwischenzeit war auch Schulz wieder eingetroffen und nahm an dem Verhör teil.

Da er den Peter Bondell kannte, begann er mit dem Verhör.

„Na Peter, mal wieder bei uns?"

„Was hast du jetzt angestellt, dass du wieder bei uns bist?"

„Ich weiß nicht was sie wollen, Herr Kommissar?"

„Nun, diesmal sieht es viel schlimmer für dich aus. Diesmal geht es nicht um Raub, einen Bruch oder eine Schlägerei."

„Herr Kommissar, was werfen sie meinem Mandanten denn eigentlich vor?"

„Herr Artos, ob sie es mir glauben wollen oder nicht – ihm wird ein vierfacher Mord vorgeworfen!"

Da musste der Anwalt erst einmal tief durchatmen.

„Wieso vierfacher Mord?"

„Sehen sie, sie auch bitte Herr Bondell:

Mordopfer 1: Frau Dürwisch, gefunden in einer Statue aus Beton.

Mordopfer 2:   Der Hausdiener wurde erdrosselt im Salon aufgefunden.

Mordopfer 3: Herr Dürwisch wurde erschlagen in seinem Haus aufgefunden.

Und...

Mordopfer 4: Der junge Maler wurde erdrosselt in seinem Atelier aufgefunden.

In den beiden letzten Fällen wurde ihr Auto gesehen und auch festgesetzt. Im letzten Fall sogar mit den Bildern aus dem Atelier. Vermutlich kam ihnen der Maler in die Quere und musste daher sterben.

„Wenn sie mir das unterstellen wollen, dann liegen sie aber völlig falsch."

„So, dann waren sie auch nicht am Haus der Dürwisch, wo sie von einer Zeugin mit ihrem Wagen gesehen wurden, wie sie mit hohen Tempo das Gelände verließen. Im Haus wurde dann die Leiche von Herrn Dürwisch entdeckt.

Kurz darauf wurden sie festgesetzt, als wir sie auf frischer Tat beim Raub der Bilder festgenommen haben. Dabei wurde dann auch die Leiche von dem Maler gefunden. Erdrosselt! Komische Zufälle? Oder?

„Ihre Freundin hat zugegeben, dass sie dies alles geplant habe und sie die Ausführung übernommen haben!"

„Sie hatten mit ihrer Freundin Susanne vor, nach Argentinien auszuwandern, um dort eine Rinderzucht aufzubauen. Dafür brauchten sie aber ein erhebliches Startkapital und dies besorgten sie sich über Scheinfirmen bei der Firma Dürwisch. Aber da standen ihnen die Eheleute Dürwisch im Weg. Also mussten sie weg."

„Mein Gott Herr Kommissar, was reimen sich sich da zurecht. Ich habe mit der ganzen Sache nichts zu tun."

„Am letzten Tatort waren sie auch nicht?"

„Nein, ich war da nur rein zufällig und wurde von ihren Beamten fälschlicherweise festgenommen."

„Also wenn das so ist, dann ist mein Mandant sofort freizulassen."

„Aber Herr Anwalt, glauben sie alles, was ihr Mandant ihnen gerne weiß machen möchte?"
Schauen sie, wenn ich hier irgendwelche Behauptungen aufstelle, dann kann ich sie auch belegen. Das können sie mir glauben."

„Herr Bondell, dann wollen wir uns mal einen kleinen Film anschauen."
Herr Schulz spannte eine Leinwand auf und Kommissar Schöne sagte noch, das diese Aufnahmen am Tag der Festnahme gemacht worden waren. Der Film lief ab.

„Und nun Herr Bondell?"

„Immer noch nicht am Ort des Geschehens gewesen und fleißig den Wagen mit den Bildern beladen?"

„Ich sehe da etwas anderes?"

„Und sie?"

„Schlecht, dass es heute Handy`s gibt, mit denen man ganze Filme drehen kann und ich selber habe diese Aufnahmen gemacht, da ich sie vor Ort beobachtet habe."

„Allein für diese Straftat gehen sie ein paar Jahre in den Bunker. Das ist schon einmal sicher."

Herr Artos zu seinem Mandanten:

„Ich glaube, wir sollten eine kurze Auszeit beantragen und uns mal intensiv unterhalten."

„Herr Schöne, können wir diese bekommen?"

„Wenn sie sie brauchen? Na klar!"

Dann mache ich halt eine Kaffeepause und esse mir ein Stück Kuchen.

Damit wurde das Verhör vorerst unterbrochen.

Nach knapp einer Stunde ging es dann weiter.

Herr Artos kam mit seinen Mandanten zurück in den Verhör-Raum und Schöne machte in seiner Befragung weiter.

„Herr Bondell, sie sehen, wir haben zahlreiche Beweise, dass sie an den Morden beteiligt waren. Alles war am Anfang zwar perfekt geplant worden, aber zum Schluss begannen sie und ihre Mittäterin, vermutlich in Panik, Fehler zu machen, die uns auf ihre Spuren führten."

„Herr Schöne, welchen Mord legen sie meinem Mandanten zu Last?"

„Herr Artos, zumindest war ihr Mandant an zwei Morden beteiligt, wenn nicht gar an allen vier Morden."

„Herr Bondell, wäre es jetzt nicht langsam an der Zeit, reinen Tisch zu machen?"
„Sie haben keinerlei Chancen, ihre Nichtbeteiligung zu bestreiten."
„Vielleicht erzählen sie mir auch welchen Anteil ihre Freundin Susanne daran hatte? Denn sie versucht sich jetzt an der Beteiligung an den Morden herauszureden und ihnen die alleinige Schuld in die Schuhe zu schieben."

„Was soll ich ihnen sagen?"

„Sagen sie mir einfach die Wahrheit. Denn ihr Leben und ihr Traum in Argentinien ist wie eine Seifenblase geplatzt. Und wenn sie glauben, dass ihre Freundin auf sie warten würde, dann kann ich sie nur enttäuschen. Sie wird nicht auf sie warten, sondern sich mit dem zur Seite geschafften Geld ein süßes Leben machen."
„Darauf gebe ich Ihnen Papier und Siegel."

„Ich glaube, Herr Bondell es ist nun an der Zeit, mit der Wahrheit herauszurücken, denn die Beweise, die der Kommissar hat, sind mit Sicherheit hieb - und stichfest."

„Herr Bondell, sie sollten nun endlich auspacken!"

„Denn eines ist ihnen. so oder so sicher, ihre Freiheit ist für eine sehr lange Zeit für sie nicht greifbar. Und sie möchten doch auch nicht, dass sie für ihre Freundin sitzen und sie sich ein schönes Leben macht?"

„Fangen sie einfach mal von vorne an! Dort wo sie Susanne kennengelernt haben."

„Kann ich eine Zigarette haben?"

„Eigentlich ist hier Nichtraucher, aber in ihrem Fall mache ich mal eine Ausnahme!"

„Also, ich habe Susanne in einem Lokal in Bremen kennengelernt Das war so im September.
Wir beide haben uns sofort verstanden. Gleiche Wellenlänge, wie man so schön sagt. Anschließend sind wir nach mir gegangen und haben uns einen Joint hineingezogen.
Danach haben wir uns immer öfters getroffen. Dabei reifte auch der Plan mit Argentinien, nachdem Susanne darüber einen Artikel über einen Auswanderer gelesen hatte.

Als sie von ihrer Mutter erfuhr, dass sie die Firma an den Bruder weitergeben und die beiden eine Kreuzfahrt machen wollten, reifte bei ihr folgender Plan:

Sie kannte sich in den betrieblichen Abläufen genau aus und fing an Scheinfirmen zu entwickeln und mit fingierten Rechnungen die Firma abzuzocken.

Es gelang!

Damit konnten wir unseren ersten Konsum von LSD decken. Aber sie hat nicht mit ihrer Mutter gerechnet, die ja die Buchhaltung in der Firma machte und ihre Tochter zur Rede stellte. Bei diesem Streit ging es recht heftig zu. Beinahe wäre alles aufgeflogen, wenn ich nicht der Mutter die Schlinge um den Hals gelegt und zugezogen hätte. Sonst wäre da schon unser Traum gestorben. Ferner standen uns die Dealer auf den Füßen, die ihr Geld wollten. Also mussten wir erst einmal weiter machen. Die Leiche haben wir in den Keller gebracht, dort wo die Werkbank stand und Susanne machte aus ihr eine Statue, die wir später in dem Garten aufstellten. Zu diesem Zeitpunkt war ihr Vater auf Tour in Nordeuropa."

„Und was war mit dem alten Diener?"

„Ja, was war mit dem Diener? Er kam eines Abend in den Keller herunter, um sich eine Flasche zu holen. Er musste uns bemerkt haben, auf dem Weg zum Weinkeller, wie wir im dem Raum, dort wo die Werkbank stand, arbeiteten.

Das konnten wir nicht zulassen!

Susanne nahm einen Strick, folgte ihm und legte ihn um seinem Hals und zog zu. Nach einem kurzen Kampf war der alte Diener tot. Wir trugen ihn in die Küche nach oben und wischten im Keller alle Spuren weg.
Zum Glück waren wir mit der Statue fertig, sie musste also nur noch trocknen, bevor wir sie herausstellen konnten.

Susanne meinte, um der Polizei die Arbeit zu erschweren, sollten wir einen Einbruch vortäuschen, was wir auch taten, dabei fanden wir auch die Schiffskarten von der Kreuzfahrt, die wir dann im Bild im Salon versteckten. Dann verwischten wir alle Spuren sehr gründlich und kamen in der Frühe zurück, um die Statue im Garten aufzustellen. Zum Glück hatte uns keiner bemerkt.

Dann meldete Susanne den Verlust der Mutter und erzählte von dem angeblichen Streit mit dem Vater und das er die Mutter geschlagen hätte und sie sich scheiden lassen wollte.

Noch am gleichen Tag holten wir den Wagen aus der Garage, packten die drei leeren Koffer in den Kofferraum und versenkten den Wagen im See bei Jever. Damit wollten wir eine weitere falsche Fährte legen und Zeit gewinnen, zumal Susanne angab, dass die Mutter ihren Urlaub, wie immer in Davos plante.

In der Zwischenzeit klappten die Überweisungen immer besser auf die Konten der Scheinfirmen. Immerhin hatten wir jetzt fast über 30.000 Euro erbeutet und konnten davon gut leben. Aber wir mussten weiter gehen, um noch mehr Geld zu ergaunern, für unseren Traum von der Farm in Argentinien.

Die Polizei tappte im Dunkeln, die Mutter blieb vermisst und der Vater geriet in dem Verdacht, seine Frau ermordet zu haben. Damit war er erst einmal aus dem Geschäft.

Susanne hatte dann erfahren, dass er neue Kontakte aus Nordeuropa mitgebracht hatte, dies war ihre Chance, hier noch einmal mit den Scheinfirmen zuzuschlagen und diesmal im großen Stil. Jetzt sollte die Grundlage für unseren Traum geschaffen werden. Der Vater war ja schwer angeschlagen, da er im Verdacht stand, seine Frau ermordet zu haben. Die Zeit reichte uns, um die Firma abzukochen.

Aber irgendwie kam er so langsam dahinter, dass in der Firma etwas lief, was nicht sein durfte.

Auch die Untersuchungen der Polizei haben ihn ja regelrecht vom Vorwurf des Mordes freigesprochen. Also mussten wir schnellstens etwas tun.

Wir fuhren eines Tages zu seinem Ferienhaus nach Hooksiel. Dort angekommen drangen wir dort in das Haus ein. Er versuchte sich noch zu wehren, da blieb mir nichts anderes übrig als ihn mit einem Holzscheit niederzuschlagen. Er blutete sehr stark. Wir legten einen Lappen auf die Stelle und zogen einen Plastiksack über seinen Kopf.

Im Schutze der Nacht haben wir ihn dann in den Wagen verladen und in das Haus gebracht. Die Ferienwohnung haben wir dann gründlich gereinigt.

„Und da sind ihnen dann zwei grobe Fehler passiert. Erstens wurden sie von einer Zeugin bei ihrer überstürzten Flucht vom Gelände beobachtet. Zweitens haben wir in ihrem Wagen Blutspuren gefunden, die eindeutig von Herrn Dürwisch stammten, als sie den Leichnam transportierten."

„Aber fahren sie bitte fort."

„Kann ich noch eine Zigarette haben?"

„Okay, sie bekommen noch eine."

„Wie ging es dann weiter?"

„Ja, nachdem wir uns den Wagen gekauft hatten, war unser Geld so langsam knapp geworden.
Also mussten wir die Schiffskarten veräußern. Zwar unter Preis, aber damit kamen wir für`s Erste über die Runden."

„Was war denn mit den Summen, die sie durch die Scheinfirmen erschwindelt hatten?"

„Da kamen wir ja noch nicht ran, da das Geld über diverse Konten nach Argentinien unterwegs war und wir darauf noch nicht zugreifen konnten.

„Also mussten wir noch einen anderen Weg finden, wie wir zu Geld kamen. Da fiel Susanne ein, dass ihr Ex-Freund nach seiner Kunstmesse, die für ihn ein großer Erfolg war und für 50.000 Euro Bilder über den Ladentisch gingen. Sie wusste, dass er sie noch fertigmachen musste, also standen sie noch in der Werkstatt. Die wollten wir an dem besagten Tag dann holen, ausliefern und abkassieren. Damit sollte unsere baldige Flucht finanziert werden, die ja über verschiedene Länder erfolgen sollte.

Aber leider kam uns der Maler in die Quere. Er kam unverhofft von einem Besuch zurück.

Susanne hielt ihn auf, damit ich einen Großteil der Bilder in den Wagen werfen konnte.

Aber er wollte nachschauen was in seinem Atelier vorging. Susanne warf sich ihn an den Hals und so konnte ich mich von hinten heranschleichen, einen Strick um seinen Hals werfen und zuziehen. Nach einem kurzen Kampf war alles vorbei. Wir legten ihn in einem Nebenraum ab und packten weiter unseren Wagen. Allerdings hatten wir mit einem großen Bild erhebliche Schwierigkeiten dieses im Auto unterzukriegen, aber dieses Bild musste unbedingt mit, da es den höchsten Preis erzielt hatte, mit einem Wert von über 10.000 Euro. Dieses Bild hielt uns auf."

„Alles weitere wissen sie ja!"

„Herr Bondell, der Richter hat bereits für sie schon einen Haftbefehl ausgestellt, der sofort zu vollstrecken ist."

„Sicher wollen sie wissen, ob wir noch mehr Beweise haben."

„Ja, die haben wir."

„Abführen!"

„Schulz, lassen sie Frau Susanne Dürwisch vorführen und wenn ihr Rechtsanwalt noch da sein sollte, ihn gleich mit.

„Ich möchte gerne jetzt den Sack zumachen."

„Mache ich sofort." Nur keine Eile. Ich möchte mir noch ein paar Gedanken machen, wie ich vorgehen soll und dies kann ich am besten bei einer Tasse Kaffee und Plätzchen machen."

„Wir machen gleich weiter."

Eine Viertelstunde später wurde Frau Susanne Dürwisch vorgeführt, samt ihren Anwalt.

Schulz wies den beiden ihre Plätze zu, während er sich ihnen gegenüber setzte.

Kommissar Schöne kam drei Minuten später hinein und setzte eine finstere Mine auf. Er nahm Platz und begann:

„Frau Susanne Dürwisch, haben sie mir etwas zu sagen? Hat ihnen ihr Anwalt erklärt, was sie erwartet, wenn sie verurteilt werden?"

„Wieso, sollte ich verurteilt werden?"

„Ich glaube sie ticken nicht ganz richtig, Herr Kommissar?"

„Ob ich richtig ticke oder nicht, sei mal dahin gestellt, aber das Geständnis ihres Freundes, sagt eindeutig, dass sie schuldig sind und an vier Morden beteiligt waren. Und dies bedeutet für sie lebenslänglich! Ich hoffe, sie können die Tragweite ihrer Taten begreifen?"

„Welche Tragweiten?"

„Na, dann muss ich von vorne anfangen. Sie waren an dem Mord ihrer Mutter beteiligt, da sie heraus gefunden hat, dass sie durch Scheinfirmen Geld aus dem Unternehmen gezogen haben. Darum musste ihre Mutter sterben. Das perverse an dieser ganzen Sache ist, dass sie ihre Mutter in einer Statue zur Ruhe gebettet haben und diese dann draußen im Garten, für jedermann sichtbar, aufgestellt haben.

Sie bekam von ihnen den Namen:

„Aphrodite".

Danach machten sie einen auf rührselig und meldeten ihre Mutter als vermisst. Dabei legten sie gleichzeitig eine falsche Spur, die ihren Vater belasten sollte.

Aber damit war das Ende noch nicht erreicht.

Nein, sie mussten dann auch noch ihren langjährigen alten Diener des Hauses umbringen, da er sie bei dem Bau der Statue beobachtet hatte, als er sich eine Flasche aus dem Weinkeller holen wollte.. Dann machten sie weiter, da sie immer wieder Geld brauchten, um ihre Drogensucht zu finanzieren. Also wurden weitere Scheinfirmen in den Kundenkreis der Firma ihres Vaters hinein platziert und hier wurde dann im großen Stil abkassiert. Sie hatten ja ein leichtes Spiel, da ihr Vater, nach der Rückkehr von seiner Reise aus Nordeuropa plötzlich unter Tatverdacht stand und total verunsichert war, was mit seiner geliebten Frau geschehen war. Nachdem wir ihm nachweisen konnten, dass er unschuldig ist, widmete er sich wieder mehr seinen Geschäften und stellte recht bald irgendwelche Ungereimtheiten fest.

Das war für sie der Zeitpunkt einen weiteren Mord zu planen und auszuführen. Denn wenn ihr Vater dies herausgefunden hätte, dann wäre es mit ihren großen Plänen in Argentinien zu Ende gewesen.

Vermutlich hätte er sie angezeigt und dies konnten sie nicht zulassen.

Also musste auch ihr Vater weg.

Damit wurde auch für sie der Boden hier so langsam zu heiß. Also musste etwas geschehen.

An die Millionen konnten sie noch nicht dran, da der Weg der Verschleierung noch nicht beendet war. Da kamen sie auf die glorreiche Idee, ihren Freund, den Maler, um seine Bilder zu erleichtern, da sie wussten, dass seine Bilder, nach der letzten Ausstellung, die ein großer Erfolg für ihn war, sehr hohe Preise erzielten. Das war eine einfache Möglichkeit schnell an Geld zu kommen, um damit auf die Flucht zu gehen."

„Dabei machten sie einen entscheidenden Fehler.

Sie verkauften die Schiffstickets, obwohl sie zwar davon etwas gehört hatten, aber nicht wussten, wo, wann und wie ihre Eltern diese Reise geplant hatten. Gleichzeitig hatten sie die Reise nur zum halben Preis angeboten, obwohl sie doch das Geld dringend benötigten.

Das musste uns doch stutzig machen!

Aber den größten Fehler haben sie gemacht, nach dem Mord an ihrem Vater. Warum mussten sie ihren toten Vater unbedingt ins elterliche Haus bringen? Dabei hatten sie das Pech, dass es eine Zeugin gab, die ihr Treiben sah und uns informieren konnte.

Alles andere war dann ganz einfach. Wir konnten eins und eins zusammenzählen und kamen so auf ihre Spur.

Leider etwas zu spät. Denn da hatten sie schon ihren vierten Mord begangen. Ihr Freund, der Maler, musste sterben, weil er sie bei ihrem Einbruch in sein Atelier überraschte und einen Zeugen konnten sie nicht gebrauchen. Sie brauchten ja Zeit, um die Bilder noch zu Geld zu machen.

Was aber die ganze Sache erschwerte, war die Tatsache, dass sie noch die Verkaufsliste mit den vereinbarten Preisen finden musste. Dazu gab es noch ein Problem beim Laden der Bilder. Eines, ausgerechnet das teuerste Bild, immerhin rund 10.000 Euro wert, bekam ihr Freund nicht in das Auto hinein.

Er musste den Wagen noch einmal ausräumen, was uns Zeit gab, hier einzugreifen."

„Herr Kommissar, sie können mir überhaupt nichts beweisen. Absolut gar nichts!"

„Also, wann darf ich gehen?"

„Sie gehen überhaupt nicht. Sie gehen höchstens in Untersuchungshaft, da ein Haftbefehl bereits ausgestellt wurde!"

„Spinnen sie?" Was sagen sie dazu, mein Anwalt?"

„Ich bin genauso, wie sie, total überrascht, über die Ansage des Kommissars."

„Wie kommen sie zu der Annahme, dass meine Mandantin überhaupt an den Morden beteiligt war? Sie war es doch, die ihre Mutter als vermisst gemeldet hatte! Sie hat doch von dem Streit ihrer Eltern berichtet und das sich ihre Mutter scheiden lassen wollte. Sie hat ja den Stein ins Rollen gebracht."

„Ja, Herr Anwalt, aber dies alles war nur als Ablenkung gedacht. Ich muss sagen, eine sehr geschickte Ablenkung, aber leider hat sie Fehler gemacht, die uns letztendlich auf ihre Spur brachte."

„Zweitens haben wir ein vollständiges Geständnis von ihrem Freund, Peter Bondell, welches wir mittlerweile völlig nachweisen können. Vor allem beim letzten Mord an dem Maler, haben die beiden fast alles verkehrt gemacht, was verkehrt zu machen ist."

„Wir haben im Auto die DNA und Blutspuren von ihrem Vater gefunden.

Auch bei dem Maler fanden wir Fingerabdrücke von ihnen beiden, obwohl sie begonnen hatten die Spuren sorgfältig zu verwischen.

Aber diesmal war es halt nicht sorgfältig genug und die Beweise mehr als eindeutig.

Gleichzeitig, als wir die Statue im Garten entdeckten und sie auftrennten, fanden wir weitere Spuren im Inneren der Statue und zwar fast ausschließlich von ihnen.

Wie mögen diese da wohl hinein gekommen sein?

Auch auf den Tickets konnten wir ihre Fingerabdrücke sichern, die sie nie gesehen haben wollen.

Damit sind sie ganz klar überführt.!"

„Ach Schulz, ich habe noch etwas gefunden, dass ihren Freund sicher erheitern wird."

„Was haben sie gefunden?"

„Ich habe in einer Seitentasche ihrer Handtasche ein Flugticket nach Buenos Aires gefunden, nur auf ihren Namen.

Also sollte ihr Freund ausgebootet werden?"

„Diese Information dürfte ihn besonders „freuen", dass er seine Aussage so gründlich gemacht hatte."

„Ich werde sie ihm überbringen!"

„Nun Frau Dürwisch, was sagen sie nun?"

„Fuck me!"

„Sie werden jetzt sehr viel Zeit haben, über ihre sinnlosen Taten nachzudenken, zumal sie eine sehr, sehr lange Strafe absitzen werden.
Übrigens, die Geldern, die sie zur Seite geschafft haben, werden ihren Eigentümern wieder zurück gegeben. Wir konnten sie einfrieren und veranlassen, dass sie wieder zurück gebucht werden."

„Wenn sie wollen Herr Anwalt und auch sie Frau Dürwisch, können sie sich das Geständnis von Herrn Bondell gerne anhören."

„Nein, wir verzichten darauf."

„Damit beende ich das Verhör der beiden Tatverdächtigen und übergebe sie dem Staatsanwalt und der Untersuchungshaft."

„Abführen!"

„Ja, Schulz, es ging doch leichter als erwartet."

„Aber nur durch das umfassende Geständnis von Herrn Bondell."

„Mag sein, aber er wusste ganz genau, dass er keine Chance mehr hatte, denn die letzten Beweise, die wir bei seiner Festnahme sicherstellen konnten, waren einfach zu schwerwiegend, so das sein Anwalt ihm nur noch eines raten konnte, die Wahrheit zu sagen, zumal Susanne, seine neue Freundin, alles von sich wies und er so für alles verantwortlich sein sollte.

War für seine Freundin ein schöner Gedanke, aber für ihn?

Also blieb ihm keine andere Wahl als auszusagen. Damit konnten wir den Sack für beide zumachen."

„Schulz gehen wir gemeinsam zu Abend essen? Ich glaube wir haben es uns verdient. Ich lade sie ein."

„Wenn das so ist, dann höre ich mich nicht nein sagen!"

Also, in einer halben Stunde?"

„Ja gerne!"

Schlusswort

Die Kommissare Schöne und Schulz konnten nun endlich aufatmen, dass sie diesen ungewöhnlichen Fall nach fast einem Jahr endlich klären konnten.

Der Prozess folgte ein halbes Jahr später.

In diesem Prozess hob man die Schwere des Falles, sowie die Heimtücke der beiden Angeklagten und die vier völlig sinnlosen Morde hervor.

Beide wurden zu einer lebenslangen Strafe mit anschließender Sicherheitsverwahrung verurteilt. Damit bleiben sie Zeit ihres Lebens hinter Gittern.

Eines können sie ja nicht mehr ändern:

Sie haben einem glücklichen Ehepaar, was sich auf seine Abkehr vom seinem Lebenswerk und sich auf die Kreuzfahrt in die Karibik freute, das gemeinsame Leben genommen.

Besonders pervers war, dass man die Leiche der Mutter in einer Statue verpackte und sie im Garten als griechische Göttin „Aphrodite" ausstellte.

Nur durch einen glücklichen Umstand konnte man die Leiche entdecken!

Sie haben den alten, treuen Diener, der unfreiwillig Zeuge eines Verbrechen wurde, aus dem Weg geräumt und den Ex-Freund, der seine ersten großen Erfolge als Maler feiern konnte, eiskalt aus dem Weg geräumt, nur um ans Geld zu kommen, damit sie ihr Leben in Übersee finanzieren konnten.

Das Tragische aber an diesen Fall ist, dass die junge Frau Dürwisch, ihren neuen Freund nur als Handlanger sah und ihn dann eiskalt abservierte.

Wie sagte es eine alte Wahrheit?

„Träume sind nur Schäume, sie verschwinden oft genau so schnell wie sie kommen!"

Das Autoren-Team
Fritz-Stefan und Manuela Valtner

Nach unserer Hochzeit im Jahre 2011 haben wir 2012 unseren gemeinsamen Neuanfang hier im Norden begonnen.

Unser Glück fanden wir in Friesland, in der Gemeinde Zetel.

Neben vielen anderen Gemeinsamkeiten ist das Schreiben und Gestalten von Büchern zu einem Hobby von uns geworden.

Mittlerweile haben wir elf, zum Teil auch sehr persönliche Bücher, herausgebracht. Zahlreiche Zeichnungen stammen dabei aus unseren Federn, wie auch viele Fotos, die wir auf unseren Fahrten im Norden „schießen" konnten.

Zu unseren weiteren Hobbys gehört auch das Töpfern, das Arbeiten mit Knetbeton, das Malen mit Acryl - Farben und vieles mehr.

Infos zu unseren Büchern finden sie auf den nächsten Seiten:

Aus der Serie **„Kommissar a. D. Klaus Schöne"** sind bisher erschienen:

Aktenzeichen 2609
Ein ungeklärter Mord auf Baltrum
ISBN: 978 3741 288134

Aktenzeichen 1510
Leichenfund in einer Friedeburger Kiesgrube
ISBN: 978 3741 281082

Aktenzeichen 1017
In der Tiefe des Moores
ISBN: 978 3749 421503

Aus dem Bereich **„Geschichten die das Leben schrieb"**, mit zum Teil sehr persönlichen Geschichten, sind erschienen:

Das Leben und Wirken des Strohwitwers Fritz
ISBN: 978 3911 1756070

Plötzlich allein... wie soll ich leben ohne dich?
ISBN: 978 3939 241068

Plötzlich allein... aber das Leben geht weiter!
ISBN: 978 3746 034393

Burn out... der lange Weg in die Krise.
ISBN: 978 3749 429660

Sommertraum/a
ISBN: 978 3743 159471

Liebe zwischen Lee und Luv
ISBN: 978 3744 803607

Das Leben des Peter Bork
ISBN: 978 3744 829366

Kolvensbachs Pitter...
und sein leidvoller Ehealltag
ISBN: 978 3939 241669

Sex... kann so schön sein... man
muss ihn nur haben!
ISBN: 978 3939 241010

Verlorene Jahre
ISBN: 978 3751 989596

Als Katzenliebhaber bleibt es nicht aus, dass wir auch Bücher über unsere liebenswerten Geschöpfe und Begleiter geschrieben haben und bisher sind folgende Katzen-Bücher erschienen:

Mein Name ist Jacey, die Hauskatze
ISBN: 978 3944 028224

Rusty, packt aus...
ISBN: 978 3981 1709223

„Gamaschen Fynn"
ISBN: 978 3748 151944

Moritz... der kleine Filou
ISBN: 978 3749 497911

Weitere Texte, die ebenfalls veröffentlicht wurden, finden sie in den folgenden Anthologien:

Deutsche Literaturgesellschaft
Gedichte, die die Zeit überstehen

Erinnerungen
Liebe
Weihnachten

August von Goethe-Verlag
Glücklich allein ist die Seele, die liebt.

Der Hochzeitstag
Mein geliebter Schatz
Wehmut

Zwiebelzwerg-Verlag
Keinen Augenblick mehr mit dir

Der Talisman
Mein geliebter Schatz II